安琪的小熊松露

1

甜點王國的公主

綾真琴◆著
Kamio. T◆繪

新雅文化事業有限公司
www.sunya.com.hk

甜點王國地圖
飛馬
步行
船
馬車
雪糕梳打湖
軟雪糕城
糖果花田
椰子草地

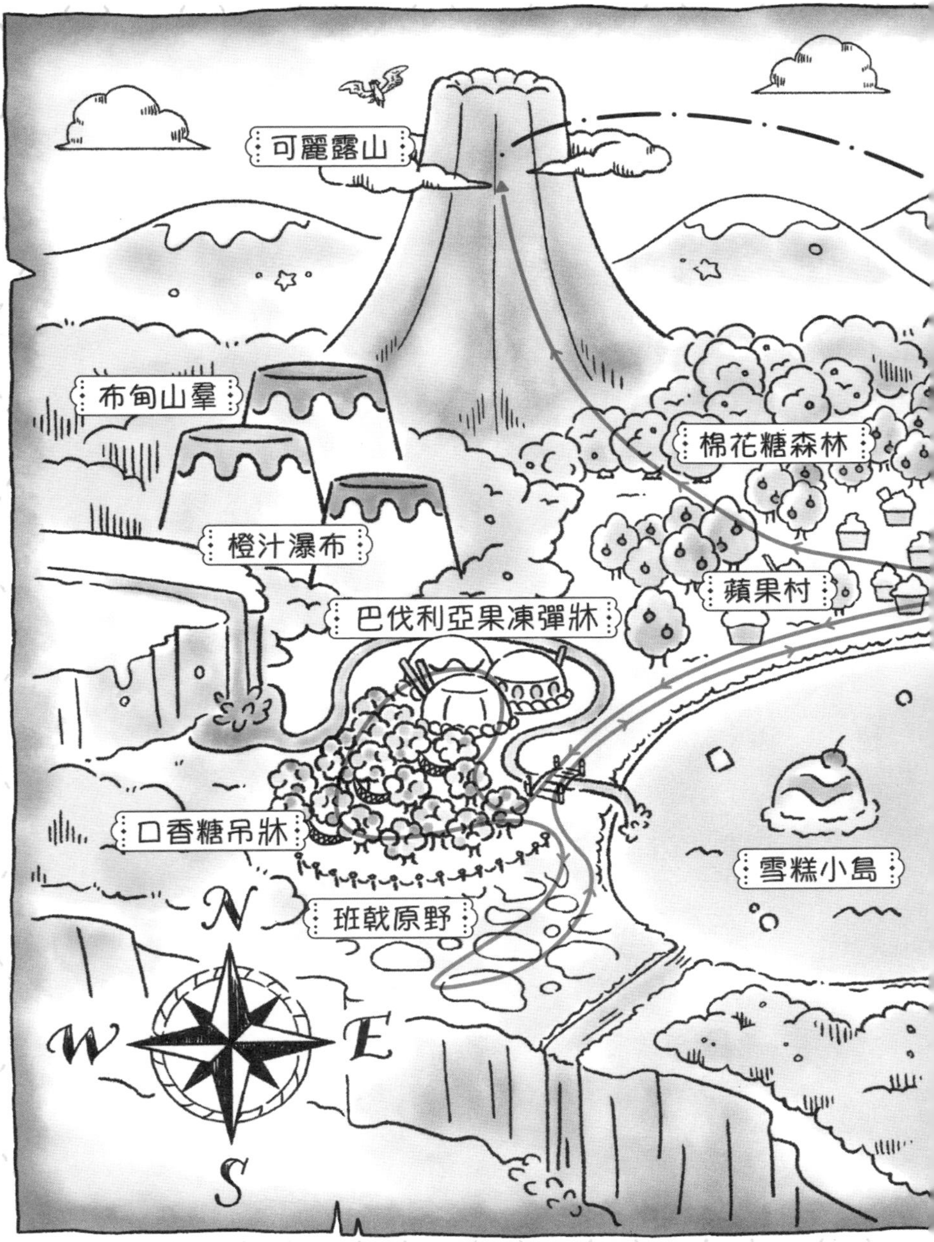
可麗露山
布甸山羣
棉花糖森林
橙汁瀑布
蘋果村
巴伐利亞果凍彈牀
口香糖吊牀
雪糕小島
班戟原野
N
W
E
S

characters

出場人物介紹

安琪

故事主角，是個
開朗活潑的女孩。
她即將迎來十歲生日，
也有一個七歲的弟弟。

松露

是隻熊娃娃，
他背上有一個奇妙的
上鏈發條裝置。
晚上扭動發條，
他就會動起來。

甜點王國的居民

可蕾雅公主

她是甜點王國的公主，
長得跟安琪一模一樣，
但性格卻跟安琪相反，
是個成熟穩重的女孩。

威化大臣

他是非常嚴格的人，
負責教育
可蕾雅公主。

飛馬

傳說中，他一直守護
可麗露山的寶藏，並會襲擊
接近寶藏的人……

金平糖

甜點王國的奇妙生物，
總是在彈彈跳跳，
並使用獨特的語言。
它們小小的身體裏
蘊藏厲害的能力。

1 松露，你好！

「祝我生日快樂♪
祝我生日快樂♪
祝我生日快樂——♪
祝我生日快樂♪」

一個平靜的星期日，街上響起了小女孩充滿活力的歌聲。

位於郊外的康菲斯里村的阿曼多大街是這一帶著名的購物區，有着時髦的精品雜貨店和大型購物中心。

在這條大街入口高聲唱着生日歌的，是小學四年級生安琪。今天是安琪的生日，所以爸爸媽媽帶着她和弟弟小路，來到阿曼多大街選購禮物。

「安琪啊……不要這麼大聲唱歌啊，很尷尬呢！」媽媽看見路人都回頭看安琪唱歌，皺着眉對她說。

「不會啊，因為我今天生日，有生日超能力，我是無敵的！」

「真是的！那是什麼？」媽媽無奈地苦笑着回應。

「都說了，這是生日超能力！是生日當天的人才有的，是命運的力量！不知為什麼，我直覺今天會遇上命中注定的對象，一定是單輪車在呼喚我！」安琪興奮地説完，便轉身大步向前走。

「我命中注定的單輪車，你等等我啊！我現在就來接你回家啦！來吧，爸爸、媽媽，還有小路！你們走快一點！」

「等一等啊，安琪！不要跑這麼快，很危險啊！」

雖然媽媽多番勸告，可是安琪已一溜煙的不知跑哪去了。今天因為外出逛街，安琪特別打扮了一番，她穿上連身裙，還在頭髮上綁了別緻的蝴蝶結。可是她忘了這打扮，還在街上蹦蹦跳跳。她那綁起來的兩條紅髮辮子，隨着她跑動，就在肩膀上輕輕晃動。

在前往購物區的路上，爸爸在車上曾跟安琪說：「安琪，今天你要買什麼都可以，但只可以選一樣，知道了嗎？」

「嗯，我知道啦！」安琪興奮地回應道。

「我已經想了很久要什麼禮物，所以早就決定好了！」安琪說。

對啊，安琪為了今天，思考了整整一個月想要什麼禮物呢。

好朋友莉莎最喜愛打扮，她穿的連身裙很可愛呢。可是，我也想要籃球鞋……啊，要一個巨型生日蛋糕又如何呢？

思前想後的安琪，最後決定要買單輪車。因為她在學校看到高年級學生騎單輪車很開心，所以也想試試玩。

「爸爸、媽媽、小路！你們再不快點，單車店要關門啦！」

「好的，不用那麼慌忙。」

「真羨慕姐姐！媽媽，你也給我買點東西吧！」小路說。

「小路你上個月才過了生日吧？不是早就已經買了你想要的

《動物圖鑑》嗎？」

「哎？啊！媽媽你看！我想要那個大白鯊背包啊！」小路叫嚷着。

「唉……安琪要單輪車嗎？我覺得蛋糕比較好啊……」爸爸小聲地説。

「哎呀，我等不及了！我先走了！」安琪説畢，就把吵嚷着的小路和嘀嘀咕咕的爸爸拋在身後，飛快地跑往街道盡頭。

一想到快要得到心儀已久的單輪車，安琪就高興不已，不自覺地跳起小碎步並奔跑起來，把家人都拋離在背後，她只想快點買到心愛的禮物。

「安琪啊，不要走那麼快，會迷路啊！」

即使媽媽提醒安琪，但她完全聽不入耳，一眨眼就消失在人羣之中。媽媽想追上安琪，可是小路又拉着自己東拉西跑，令她完全追不上。

安琪稍稍回頭看，發現看不見家人了，於是放慢了速度。

「呼……媽媽真是的，這麼愛操心。人家已經十歲了，才不會迷路！」正當安琪這樣說時，她瞥見了一個棕色的東西。

「嗯？剛剛那是什麼？」安琪停下腳步，後退到那地方看一下——

「這是……熊娃娃嗎？」安琪問。

在一間又舊又小的玩具店，有一隻熊娃娃安坐在櫥窗一角。

安琪湊近玻璃，凝視着熊娃娃。

仔細看清楚，熊娃娃身上有很多修補過的痕跡，就算客氣地說，這也稱不上是個漂亮的玩偶。

不過，那雙又黑又圓的眼睛好像會把人吸進去似的。

正當安琪凝視着那雙眼睛的時候——

你好，安琪。

「嗯？」突然聽到有人喊自己，安琪回頭一看，卻只看到路過的行人，並沒有人走近她。

真奇怪……

正當安琪歪着頭，想着剛才的事時……

「咦，你是不是對松露有興趣？」

「嗚嘩！」安琪嚇了一跳，原來是旁邊有一位老爺爺走過來跟她說話。

老爺爺是這間名叫「卡露加路玩具店」的店主，他說：「哎啊，嚇到你了，對不起啊。」

「沒、沒事！這隻熊娃娃叫松露嗎？」安琪問道。

「對啊，它是賣不出的布偶，本來破破爛爛又滿布灰塵，不過我把它修好了。你有興趣的話，進來看看吧。」

老爺爺推開門，門鈴「叮鈴」的響起來。他走進店裏，向安琪招手。安琪便跟着走進去。

「嘩……」

她走進店內，裏面有一陣沾了塵埃的樹木氣味，她

的鼻子癢癢的。

細小的商店滿是高得差不多碰到天花板的貨架，放滿了布偶、機械人、傳統機關人偶等玩具。

安琪在店內，四處張望地走，想找出熊娃娃。

「有了！咦？這是什麼？」

從櫥窗正面看時沒有發現，原來熊娃娃背後，有

巨大的金色發條。

「老爺爺，這熊娃娃可以動嗎？」

「哦，你是說那發條嗎？可惜那是假的。」

「假的？」

「對，松露本來是普通的熊娃娃，我修補它時，覺得它破破爛爛的好可憐，所以就為它裝上發條，讓它看起來精神點。」

「原來如此，只有發條，但裏面沒有齒輪的話，真的不會動呢。」安琪回應。

嗯，就是這樣。

安琪又聽到聲音了。

「是誰？」

可是，安琪環顧店內，除了滿臉驚訝的老爺爺之外，沒有其他人在。

「怎麼了？」老爺爺問。

「老爺爺，你剛剛沒有聽到聲音嗎？」

「聲音？沒有啊，我沒聽到什麼聲音。」

「是嗎……真奇怪，那究竟是誰？」安琪歪着頭問。但奇妙的是，她並不覺得可怕，那神秘的聲音反而有點可愛……對了，因為那就像幼童的聲音。

「啊，難道是你嗎，松露？説笑而已。」

安琪抱起松露笑着説。松露的眼珠閃閃發光，看起來就像回應着：「對啊！」

「這是怎麼回事呢……雖然我不清楚，但感覺我跟松露相遇是命中注定的。我的生日超能力預言的原來不是單輪車，而是熊娃娃嗎？你也這麼覺得嗎，松露？」

松露的眼睛又再閃耀起來，在安琪的角度看起來，它就像在笑着點頭。

安琪完全迷上這隻熊娃娃了。對，比起一直想要的單輪車，她更喜歡這熊娃娃。

「安琪，原來你在這兒？竟然跑得這麼遠，我們差點找不到你啊……」爸爸說。

「姐姐很壞啊！只可以選一份禮物啊！」小路說。

就在爸爸、媽媽和小路終於追上安琪、推門進入卡露加路玩具店的時候，安琪高聲說：「我選好了！我就要它！」

「安琪，你真的要選這隻熊娃娃嗎？」媽媽帶點擔心地問，「買了熊娃娃的話，就不可以買單輪車了啊？」

「嗯，沒關係，我就要它。」安琪肯定地回答。

「沒關係啦，媽媽，既然安琪這麼想要，就買給她吧！」爸爸這麼說着，顯出欣慰的樣子。

「也對，你要好好珍惜這個熊娃娃啊，安琪。」媽媽說。

「嗯！」安琪開心地回應着。

看到安琪大聲地答應媽媽，卡露加路玩具店的老爺爺也呵呵笑起來。

「太好了，松露，這位可愛的小姑娘喜歡上你了。對了，這個也送給你。」老爺爺說着，在櫃子取出了一些東西。

「老爺爺，這是什麼？」安琪問。

「這是我以前旅行時，在一個攤檔找到的，就在買松露的發條時一併買下。」

老爺爺展示給安琪看，那是個如拇指大小的書本形吊飾。

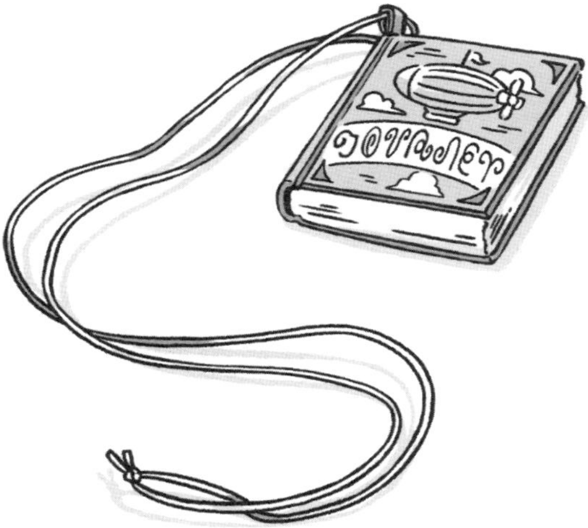

那吊飾的深紅色皮革封面很有光澤，上面印有金色文字。那是安琪從沒見過，圓圓的、像糖果般的奇妙文字，完全看不懂。她用指甲揭開書本，裏面還畫滿了各種各樣的圖畫。

有甜點、動物、精靈、怪獸、飄浮在空中的城堡……還有更加古怪的東西。

「好古怪的書……不過真有趣！老爺爺，你要送我這個嗎？」安琪問。

「對呀，特別贈送給你。」

「太好了！我好開心啊！」

老爺爺點着頭，默默地將吊飾掛在松露的頸上，用心地為它綁上蝴蝶結。

「來，拿好。」

安琪雙眼閃着亮光，緊緊抱着松露說：「謝謝你，老爺爺！我一定、一定會好好珍惜松露的！」

2 魔法發條和吊飾

當天晚上，安琪換好了睡衣，便跟松露一起鑽進被窩。

「嘻嘻，今天真的很開心啊！我竟然遇上你！」安琪笑着對松露說。

說完，安琪就閉上了眼睛，她玩樂了一整天，也感到很累了，濃濃的睡意襲向她。

「晚安啦，松露……」

就在她迷迷糊糊，快要進入夢鄉時……

嗯，晚安啦，安琪。

耳畔又響起了那把聲音了！安琪嚇了一跳，馬上張開眼睛。

「又來了！到底是誰？」安琪問。

安琪，是我啊。

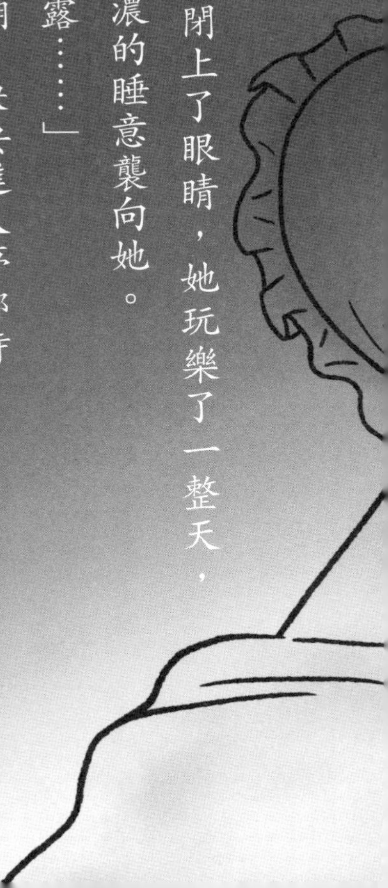

是松露！熊娃娃松露正在用它那圓圓的眼睛看着安琪。雖然它的嘴巴沒在動，可是它的聲音直接就進入了安琪的腦袋。

「松露？真的是你嗎？」安琪驚訝地問。

嗯，對啊！你可以扭動我背後的發條嗎？那我就可以動起來了。

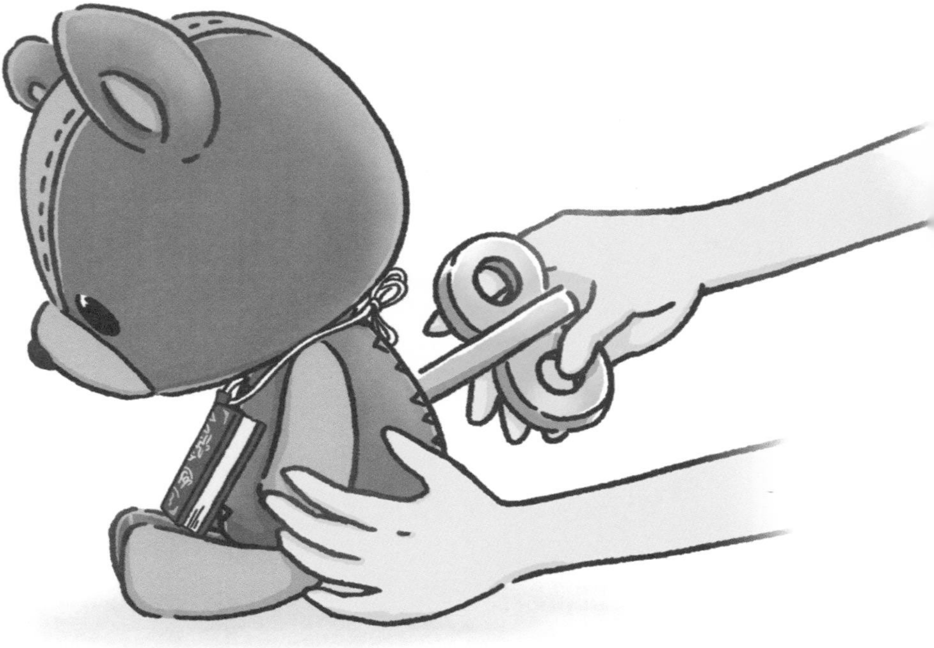

「好……好的。」

安琪立即扭動松露背後那個大大的金色發條。奇妙的是，她扭動發條時的手感，像是真的在上鍊一樣。

咔！咔！咔！

轉動發條三次後，松露突然震動了一下，安琪不禁鬆開了手。

這隻熊娃娃竟然在

安琪的面前站了起來——

雖然有一瞬間松露差點要倒下——但它轉了個圈，站好後，就向安琪說：「謝謝你，安琪！讓我正式跟你打個招呼。你好，我叫松露，是發條小熊！請多多關照！」

沒有錯！熊娃娃松露動起來了，還在說話！

「松露！不是吧！你怎麼能夠動？好厲害啊！」

安琪不斷揉眼睛，因為她眼前發生的一切實在令人難以置信。這並不是夢！

「嘻嘻，因為你扭動了我的發條啊，謝謝你呢，安琪！」

「不用客氣……啊，不對！你明明是隻熊娃娃，又如何說話呢？」安琪想起下午在玩具店聽到的聲音。玩具店的老爺爺明明說松露身上的發條是假的，因為它體內沒有齒輪。

「其實我們這些玩具都像人類般有靈魂的。不過，只有裝上動力裝置的玩具才能像這樣子說話和活動。」

松露繼續解釋玩具店的情況，原來有動力裝置的玩具，如機械人、傳統機關人偶，晚上待人類睡了便會活動起來。但因為松露的身體沒有動力裝置，所以只有看的份兒。

「我一直也想好像它們般動起來。突然有一天，老爺爺為我裝上了發條！你看，就是我背後的那個。」

松露說着，把背部轉向安琪，金色的發條映進安琪的眼裏。她仔細一看，原來發條的表面刻着像文字的細小圖案，那圓圓的形狀，好像在哪裏看過……看到掛在松露頸上的深紅色小書本，安琪突然想起：「啊，那個吊飾！」

那位老爺爺送給安琪的書本吊飾，上面的文字與發條上的一樣。

「嘻嘻，答對了！這個吊飾跟我的發條，都有魔法力量的。這個發條的魔法力量，就是只要扭動它，便能令我隨

意活動了！

「什麼？魔法？這個世界上果然是有魔法的！雖然媽媽說世上沒有魔法……真讓人激動呢！」

安琪雙眼閃爍着興奮的光。

「對，很棒吧！不過，讓我活動起來的魔法就只有晚上才有用。太陽一升起，魔法就會消失，我就會變回一隻普通的熊娃娃。」

「原來你不可以一直活動的？」安琪輕輕地說。

「對啊！而且也不是人人也能扭動這個發條，一定要跟我心意相通的人才扭得動。」

「心意相通……我們的相遇果然是命中注定？松

露，在玩具店叫我的是你吧？」

「對啊！就是我！」

松露開心地轉了個圈說道。

「那時我在內心呼喊了很多次，雖然不知道我的聲音能否傳達到你腦海裏去……第一次見到你，還有與你對上眼後，我就覺這得是命運的安排，好想留在你身邊啊。」

「嗯嗯！我也覺得遇上你是命運的安排啊！」

安琪興奮地點着頭說。

「嘻嘻……我的聲音竟然真的傳遞到你的腦裏去，我也嚇了一跳，我們真的是心意相通啊。」

松露有點不好意思地笑了起來，它伸出細小的雙手說：「安琪，你是我的第一個朋友，以後要請你多多指教啊！」

「我才要請你照顧我啊，松露！」

聽到松露這樣說，安琪開心地回應。

「松露，你剛才說不單單是發條有魔法，這個吊飾也有。它有的是什麼魔法？」安琪問道。松露的眼睛閃爍了一下，像是在做惡作劇般笑了起來。

「嘿嘿，你想知道嗎？」

「想，當然想知道！」安琪說。

「嘻嘻，那我只告訴你啊！」

松露說着，一邊掀開安琪的被子向她招手。

「來，安琪，和我一起躲進被子裏！」

「嗯，好的。」聽從松露的話，安琪也躲進去。

被子裏只有他們兩個，就像走進另一個世界似的。

究竟松露想幹什麼呢？安琪不禁緊張起來。

「好，只要打開這本書就可以了……安琪，你想到哪裏去？」

「想去的地方？」

「對，什麼地方也可以的，就算是幻想出來的也可以啊，例如精靈島、動物王國之類……」

「嗯……那麼……

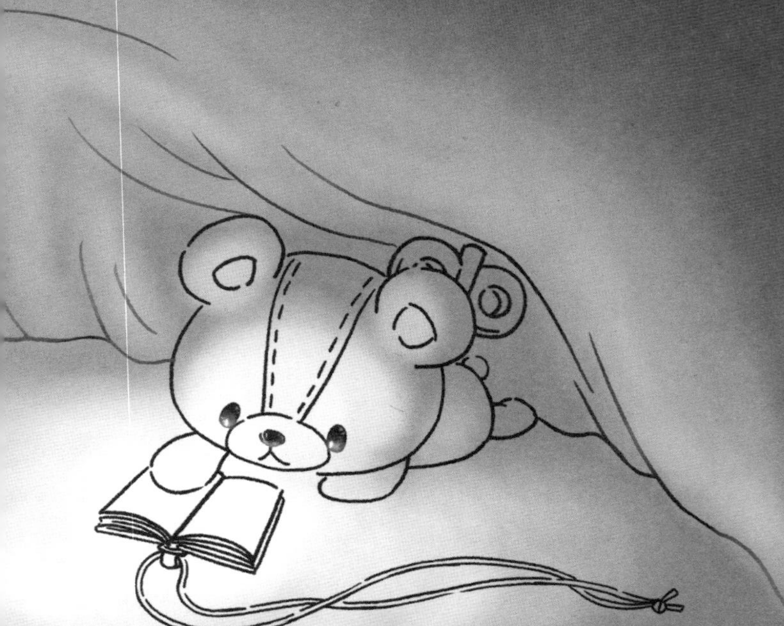

我想去甜點王國！有各種各類的甜點讓我隨意吃。啊——單單想像一下，肚子已經餓了！」安琪邊想像邊微笑起來。

松露向她眨了一下眼，說：「好，那我們就去甜點王國吧！」

「咦？可是要怎麼去？」

「當然是用吊飾的魔法！」松露說着，就翻開了書本吊飾。

安琪一看，書頁充滿了甜點的圖畫，上面躍動着在旋轉的文字。

「來，一起唸咒語吧，咒語是這樣的……學會了嗎？那麼，我們一起唸吧……」

「登地姆．登湯姆．卡杜拉達！」

二人唸出咒語的瞬間，書頁不停啪達啪達的翻動，二人被光芒環繞。

好刺眼啊……！

安琪不禁閉起雙眼來，她突然感覺到雙腳懸空了。

「安琪，可以張開眼睛了！」

聽到松露的聲音，安琪戰戰兢兢地睜開了眼睛，在她眼前的是……

「嗚嘩——！」

3 到達甜點王國！

安琪和松露輕輕降落到一個廣闊的草地上。

安琪的腳碰到草地的一瞬間，腳下散發出彩色的粉末狀光芒，將安琪的身體迅速包起來。

呼嘩呼嘩～～

被光包圍的一剎那，安琪身上的淡紫色睡衣，就變成像薄荷味雪糕加草莓味雪糕那樣的衣服，非常可愛。

「嗚嘩……真厲害啊，我換上新衣服了，這也是魔

法？」

「對啊，魔法會配合要去的世界來改變衣服的樣子啊！很方便吧？」

彩色的粉末狀光芒逐漸消散後，二人被眼前的景色所震撼。

他們的腳下是椰子草地，遠處是棉花糖森林，還有布甸山羣、雪糕梳打湖……放眼看去，盡是甜點！

「真是難以置信……我們真的來到了甜點王國！」

安琪突然雙眼閃爍，說：「你看！有城堡啊！」

「嘩！真的呢！不知裏面有沒有國王呢？」

他們從遠處看到的城堡，

由高塔組成，外形就像軟雪糕那樣。

看到那個城堡，安琪心裏想：有國王的話，那説不定會有公主啊！真羨慕她，我也想住在城堡裏當一次公主啊！

正當安琪在幻想……

「安琪，來這裏！」松露一蹦一跳地向她招手説。

安琪向着松露的方向走，「嘩……」她驚歎起來。

紅色、黃色、粉紅色、淺藍色……

他們來到一個開滿各種顏色花朵的花田，仔細看看，花朵都是由糖果製成的，還飄散出香甜的氣味。

「真漂亮……而且好香啊！」

一棵鈴蘭糖果花閃閃生光，吸引着安琪伸出手觸碰。

突然……

咚咚！

「嘩！」安琪驚呼。

鈴蘭裏面，有一顆粉紅色小東西跳了出來。

那東西圍住安琪，像個彈彈球般跳個不停。還在不斷說話……可是，安琪完全聽不懂他在說什麼。

「！

！」

「咦？你在說什麼？」

咚咚！

安琪才問了個問題，那神秘的生物立即跳到安琪的肩膀上。

「嘩！等、等一下啊！」安琪驚叫起來。

「哈哈！說不定他想跟我們一起玩！」

「！」

神秘生物像是在和應，還一蹦一跳的。

「啊哈哈……好癢啊！我知道了，你也想跟我們一起冒險吧？」

安琪輕輕拿起那顆神秘生物，放進

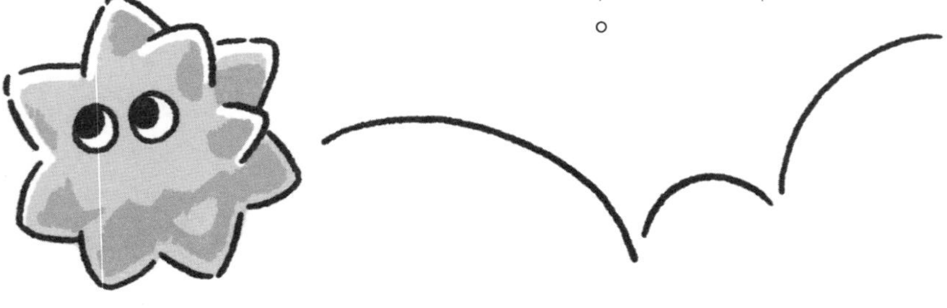

自己的口袋，說：「看，這裏比較安全吧？」

聽到安琪這樣說，他一臉滿足地從口袋探出頭來。

「這東西還真是奇特呢，不知他是不是由糖果所造的呢？」安琪問。

「不知道……不過我們繼續探險的話，說不定會遇到他的同伴，不如就帶着他吧！」松露說。

「好啊，我們先走着看看吧！」

正當安琪和松露打算出發時。

小山丘的對面，有人發出震耳欲聾的叫聲，大羣士兵靠近並將安琪和松露包圍。仔細一看，士兵都是由巧克力所造的！

是誰？竟敢入侵國王的花田！

「……」

巧克力士兵默不作聲靠近二人。

安琪和松露感到很害怕，於是縮成一團。

站在士兵前面、一位看上去很厲害的大臣，走近二人。大臣穿整齊西裝、蓄白色鬍子，他竟然是由威化餅組成的！

「大膽刁民！你們竟敢闖入國王的花田！」威化大臣擺出傲慢的樣子說。

「對、對不起……我們不知道……」

當安琪正想道歉時，威化大臣突然盯着她看，並發出了疑惑的聲音：「唔？唔——？」

威化大臣越湊越近，直盯着安琪。

「請……請問我的臉上有什麼東西嗎？」安琪膽怯地問。

「公主！這不是可蕾雅公主嗎？」

威化大臣高聲大叫起來。

安琪心想：什麼？怎麼了？她十分茫然。

「咦？安琪你是公主嗎？」

松露也驚訝得睜大了雙眼。

「不、不對！我是……」

「公主，就算你打扮成平民的樣子，也是逃不過我雙眼的。我告訴過你，在外人面前，皇室成員要穿上正統服裝，對吧？你快點換掉這身衣服吧。還有，我已經教訓過你很多次，不可以隨便外出四處逛的啊！公主你真是的……」

威化大臣滔滔不絕地自說自話，彷彿完全把安琪當作了另一個人……恐怕就是甜點王國的公主了。

安琪心裏想：為什麼會把我當成公主呢？說起來，這個威化大臣完全不聽別人說話啊！

「我、我不是……」安琪嘗試解釋說。

「安琪！安琪！」松露知道安琪想說什麼，立即拉住她的衣袖阻止她。

「如果讓他們知道了你不是公主，不知道會對我們做什麼啊。說不定會抓我們進牢房啊……」

「牢、牢房……？」

安琪害怕得不禁發抖。

「所以你現在還是先假裝成公主吧。只要我們等候機會，一定可以逃出去的！」

「對，就這麼決定吧。」

「公主，你在說什麼悄悄話？」

安琪一回頭，就看到威化

大臣一副嚴肅的表情窺看着他們。她嚇了一跳，但打算矇混過去，就說：「沒、沒什麼，啊呵呵呵……」

「那說話方式真古怪！」威化大臣嘀咕着說。

安琪心想：啊！這樣不對嗎……

「對了，跟你在一起的那位是誰？是從沒見過的生物啊，是戚風蛋糕族或什麼種族嗎？」威化大臣邊說邊用懷疑的眼神看松露。

安琪慌忙為松露解釋說：「他叫松露，他……對，他是紅茶戚風蛋糕族的人。我在這個森林裏認識了他，他是我的好朋友！」

「什麼！竟然是公主你的朋友嗎？那得在城堡好好

招待他。來，公主和松露先生，請坐上馬車。」威化大臣立即變得客氣起來，並促請二人坐上紙杯蛋糕形狀的馬車。

「等一下，我們要去哪裏？」

安琪疑惑地問。威化大臣嚇了一跳，說：「公主，你今天怎麼了？我們回去的地方，當然只有軟雪糕城啊！」

4 當公主真不容易！

卡嗟卡嗟卡嗟卡嗟——

坐着紙杯蛋糕馬車，安琪和松露終於來到城堡。他們近距離一看，才發現那是座巨型的建築物。

「好厲害啊！松露你看，它應該有巴黎鐵塔那麼高吧！」

「真的啊！」

「你們在大驚小怪什麼？這不就是平時看慣了的城堡嗎？公主你真是的……」

大臣嘀嘀咕咕的，可是安琪實在太興奮了，什麼都

聽不入耳。

穿過了由巧克力磚造成的城門進入城堡內，安琪他們看到四處的建築也是由可口的甜點所造：大門是餅乾、沙發是餡餅、支柱是糖果！

「嘩，好像很好吃！口水要流出來了。」

安琪邊說，邊跟松露一起大口吸着香甜的氣味。說起來，從晚飯時間到現在已過了很久，肚子開始餓了！

「這裏有那麼多甜點，吃一個也沒關係吧？」

安琪邊說，邊默默向一堆馬卡龍伸出手，可是……

「公主！你在幹什麼？」

「呀！對、對不起！」

原來被威化大臣發現了，安琪連忙道歉。

「來，快點更衣吧，你想穿平民服裝到何時啊？」大臣說着，打了一個響指，在後面等待的焦糖模樣的侍女們便立即上前，拉着安琪的手腕，把她帶到更衣室裏，並拉上布簾。安琪眼前有很多不同顏色的禮服。

「今天穿這個顏色好嗎？」其中一個侍女問。

「請把鞋子交給我。」另一個侍女說。

侍女在安琪的身邊團團轉，俐落地幫她脫去原本的衣服，再穿上新的裙子。

「公主換好衣服了。」侍女喊着，並打開布簾，而且準備好鏡子，放在安琪面前。

安琪看到鏡中的自己，不禁驚歎：「嘩——！」

這件粉紅色的禮服，縫滿了精緻的蕾絲，像羽毛一樣輕盈，而觸感也十分柔軟。禮服像是為安琪量身定造似的，非常合身。

「看，松露，這條裙子真的很漂亮吧？」

安琪從更衣室走出來，在松露跟前轉了個圈，裙子就隨着她轉動而輕輕飄起。

「你好漂亮啊……就像一位真正的公主！」

松露不停點頭。

「這是當然的，這條裙子是用我國的特產——高品質棉花糖絲製作的。公主你平常都是穿這些衣服的，怎麼會忘了呢？」

大臣一臉不解地皺着眉，咳嗽了一下說。

「好了好了，換好衣服後，就開始上課時間了，快點坐好吧。」大臣說。

「咦？要上課嗎？」安琪驚呼。

「當然，身為一國的公主，最少也要學好教養啊。

來，這是今天的安排。」

大臣邊說邊打開一個巨大的卷軸，裏面由上至下寫滿了上課時間表。

「不是吧——！」

「第一課是小提琴！嗯？聲音怎麼這樣糟！」

「第二課是社交舞！來，一、二、一、二……好痛！」大臣驚叫出來。

「第三課是縫紉課……公主，你快要用針刺到自己手指了！」大臣喊。

「嗚嗚……好累啊，當公主是這麼辛苦的嗎？」安琪歎道。第四課是歷史課，安琪已經疲憊不堪了。

大臣不理安琪一副疲累的樣子，開始口若懸河：「好，揭開課本第25頁，首先複習上次所學……」

安琪慌忙打開眼前的書本，可是裏面全是甜點王國的文字，她一點也看不懂。

她心想：糟糕了，我完全不會啊！

安琪累得垂下頭來。當她再次抬起頭，就發現松露不見了，難道是被請走了嗎？

「……昨天我說過初代國王——沙哈．多．魯迪陛下完成了非常重要的三大改革，具體是……」

大臣開始講課。

安琪完全聽不懂的歷史課開始了，她完全沒有把課堂內容聽進耳去。

「啊！對了，那顆小東西！」

發着呆的安琪，突然想起了一件重要的事情，就是她完全忘記了剛才在草地遇見的神秘生物，心裏着急：我記得把他放進了口袋的……不好了！剛才的衣服被沒收了！不知道是否已拿去洗了呢？

想到這裏，安琪臉都發青了，可是……

「！」

那顆奇妙的生物在安琪身上的裙子衣袖中探出頭來。原來他早已逃出來！

「太好了……你真的好擅長躲藏啊，小東西！」安琪呼出一口氣說。

「安琪！安琪！」

這時，安琪的桌下傳來輕輕的聲音。

她一看，原來是松露正向着自己招手。

「松露！」安琪開心地喊出來。

「噓……來，悄悄跟着我吧！」松露說。

安琪默默地點點頭，接着鑽進了桌子下面慢慢爬，終於離開書房了。

安琪在大門旁窺看，大臣還在滔滔不絕地講課，還沒發覺她不見了。他們成功逃脫了！

「成功了……謝謝你呢，松露！」

「嘻嘻，順利逃出來實在太好了。來，我們立即離開城堡吧！」

「嗯！」

安琪抱起松露，在城堡的走廊上飛快地跑着，可是，這個城堡大得像個迷宮，他們完全找不到出口。

安琪心急如焚，想：得快點離開才行，否則那個大臣就會發現……

正當她焦急地走到轉角處，準備拐彎時……

碰——！

安琪撞上別人了！

「好痛……對不起！」

「不要緊，你沒事吧？」對方問道。

「我也沒事……咦？」安琪吃驚地叫了出來。

「啊？」對方也一臉疑惑。

安琪呆呆地眨了眨眼。

「有兩個安琪！」松露也大

吃一驚地叫道。

他們吃驚也是理所當然的，因為安琪撞上的女孩，從頭到腳都跟安琪完全一模一樣！

不同的只是那女孩的髮型，她不是梳着兩條小辮子，而是一頭梳理整齊的柔亮秀髮，頭上還戴着王冠。

「你……你好，我叫安琪，這是我的朋友松露。嗯，你是誰？你頭上的王冠……難道你是……」

安琪慌亂地問。

那位跟安琪長得一模一樣的女孩笑笑說：「幸會，我是可蕾雅，是這個甜點王國的公主。請問你們是客人嗎？歡迎來到甜點王國呢！」

可蕾雅公主說完，還向安琪她們行了一個正式的見面禮。

「嘩！我第一次遇見真正的公主啊！」

「我也是啊！」

兩人歡天喜地，激動地吵鬧着。

「我們真的長得一模一樣呢，怪不得那個大臣會弄錯。不過，為什麼會這樣的呢？」

安琪不斷凝視着可蕾雅公主，發現公主的表情有點困惑。

「咦？『大臣弄錯』是怎麼一回事？你們不是父王招待的客人嗎？」公主問。

「其實……」二人向公主解釋一切。

他們告訴公主，全靠魔法，他們才會從另一個世界來到這裏；安琪還因為被誤會成公主而被帶到城堡裏去，然後借機會逃走。

「原來如此。真抱歉，威化大臣真是的，行事也太衝動魯莽了！」

「沒關係！雖然嚇了一跳，但我能夠來到這麼漂亮的城堡，真的很開心啊！這是因禍得福才對！昨天我的生日超能力說不定還沒用完啊！」

「咦？你昨天生日嗎？我也是啊！你今年幾歲了？」

「十歲！」

「咦，我們連年紀和生日都一樣！真的是太巧合了！」可蕾雅笑了笑，隨後帶點猶豫地問，「請問……可以拜託你們一件事嗎？既然你們不是父王的客人，可以請你們當我的客人嗎？」

「當然可以啊！能當公主的客人，實在是求之不得啊！」安琪興奮地說。

「真的嗎？我好高興啊！這還是我第一次招待客人啊。」

可蕾雅開心得臉上像閃着光輝。雖然她的口吻要切合公主身分，像個大人似的，但笑起來還是跟安琪一樣，變回十歲女孩般可愛。

「請你們跟我來，我來介紹這座城堡！」

5 可蕾雅公主的煩惱

安琪和松露在可蕾雅公主的介紹下，在城堡內四處參觀。那都是在大臣及士兵沒發現的情況下進行，他們到了宴會廳、舞蹈廳、放滿盔甲的兵器庫……不過，兵器庫的武器全部都是甜點，所以看起來也不太可怕。

「好，接下來是這邊。給你們看些好東西！」

可蕾雅對二人眨了一下眼睛，走上螺旋型的石造……不，是餅乾造的樓梯。

「難道我們要去城堡頂層嗎？」安琪問。

「嗯，對喔！那兒的景色很壯觀呢。」

「太好了！」

大家一路沿着樓梯向上走，突然……

卡啦！卡啦！卡啦！

好像有什麼東西從上面掉下來。仔細一看，那是一顆黃色的小東西，有點似曾相識的感覺……

「安琪！這黃色的東西難道是……」松露還沒說完，樓梯上方就傳來……

沙啦沙啦——

伴隨着這個聲音，大量彩色的東西在樓梯的上方湧下來。

「嘩——！」安琪不禁驚呼。

安琪自然地想躲開，就在這時，她感到有人拉着她的袖子。

安琪低頭一看，是那粉紅色的小東西在彈跳。原來，他被安琪裙上的蕾絲纏住，無法隨意活動。但他卻一個勁地想走向樓梯上面。

「我明白了！他們是你的同伴吧！」

安琪解開蕾絲，那小東西立即跳向他的同伴。

「！」

「？」

！」

聽不明白他們在說什麼，可能是終於能夠重逢，大家都很開心吧。

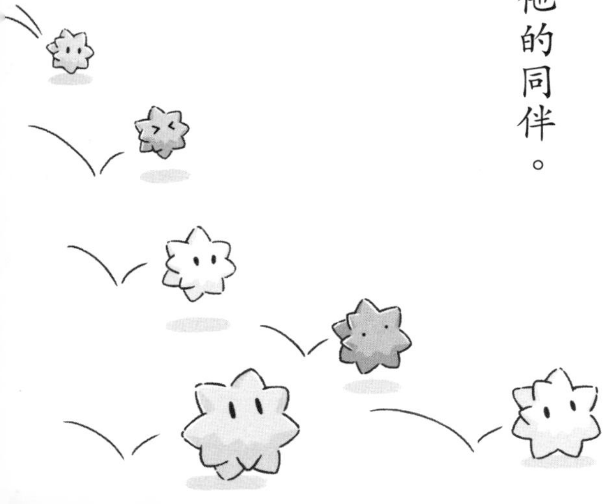

「太好了……」

安琪和松露都非常感動。

「你們怎麼了？快點上來啦！」

可蕾雅回頭找安琪他們。當她看到那些奇妙的小生物，解釋說：「哦？是金平糖啊，真少有，他們甚少在人前出現的啊……」

「他們叫金平糖嗎？」安琪問。

「是的，他們好像從以前就住在城堡裏，平時都躲在樓梯的縫隙間，不會露面的。看起來他們還真喜歡你呢。」可蕾雅解釋說。

「這粉紅色的小傢伙之前在草地迷路了，所以就跟着我們……看來他現在可以回家了。」安琪說。

「嗯，那真是件好事啊！我從大臣口中聽說過，金平糖是有恩必報的，說不定他們之後會報答你們的恩情呢。」可蕾雅說着，嘻嘻地笑起來。

參觀過軟雪糕城的頂層後，他們到了可蕾雅的房間愉快地喝茶聊天。

可蕾雅對安琪他們的世界非常感興趣，問了很多問題。大家笑着説個不停。

「真的很開心！我很久沒有這麼開懷大笑過了！」聊了一陣子，可蕾雅獨自説。

「你平時不會跟朋友聊天的嗎？」安琪問。

「我平時的説話對象，就只有城裏的大臣或照顧我的人。」可蕾雅寂寞地苦笑着説。

「我自出生以來，就一直沒有朋友。我不可以隨意外出散步，因為父王和母后總是説外面很危險，所以不可以到城堡外面去。」

聽到可蕾雅的話，安琪完全答不上話。她無法想像沒有朋友、不能自由外出的生活，到底有多痛苦。

「怎麼可以這樣，這真是太過分了！可蕾雅，你真的能接受這一切嗎？」安琪不禁高聲問。

可蕾雅搖搖頭，說：「有一次，我偷偷溜出城堡。當時我真的很想躺在草地上、在山丘上亂逛……不過，我立即就被人找到，並帶回城堡了。」

她繼續說：「父王和母后都很生氣，母后還哭了起來，說我令他們擔憂害怕。那次之後，大臣更緊迫地看守我。雖然我很喜歡父王和母后，也很感激他們養育我，但是……我討厭這種充滿壓抑的生活。我也想到處去看看，我希望用自己的雙眼去見識這個廣闊的世界，而不只是從書本上讀到這些知識；我也想以一個普通女孩的身分自由自在地遊歷，而非以公主身分才可外出！」

「可蕾雅……」

看到可蕾雅悲傷的眼神，安琪暗下一個決定。她望向松露，松露點了點頭，看來他們的想法都一樣。

「可蕾雅，不如我們一起到城堡外面去吧！」

安琪跟松露一起對可蕾雅說。

「什麼？」

安琪對着震驚的可蕾雅說：

「雖然我只當了很短時間的公主，但也稍微體會到你的情況，所以我明白的。我曾經以為公主都是被人寵着，所有人都會聽她的話。但原來不是的，每天都要上課，既不可以吃零食，又要維持知書識禮的樣子。我以前從未想像過這種生活，所以你好厲害，不但能當個好公

主，還這麼用功學習！」

「安琪……」可蕾雅感動地說。

「不過，一直強忍着一切，也是很痛苦的啊。你也想看看外面的世界吧？要是你一個人無法逃離的話，那麼，只要集合我們三個人的力量，一定可以逃得出去！」安琪說。

「但……父王和大臣他們會……」

面對垂頭喪氣的可蕾雅，松露也開始勸說：「他們不讓你外出，一定是因為太疼愛你。因為疼愛你，所以才擔心。所以，我們更加要證明給他們看，你已經是個成熟獨立的公主，即使在外面也懂得照顧自己！」

「安琪、松露……我們今天才認識，你們就願意為我這麼做？」

「當然啊！我們是朋友，對吧？」安琪說。

「對……對啊！」可蕾雅感動得熱淚盈眶，「雖然我一個人做不來，但三人一起嘗試，說不定真的可以成功。你們真的願意幫我嗎？」

「當然願意！」安琪和松露齊聲答。

「謝謝你們！」

「不用客氣啦。既然決定了，我們先來開作戰會議吧！首先……」

6 逃出軟雪糕城大作戰

「完成了！」

聽到可蕾雅的聲音後，安琪張開眼睛問：「嗚嘩！這真的是我嗎？」

她端詳着鏡中的自己。

她平常總是胡亂綁起兩條辮子，現在髮型變成蓬鬆的曲髮，頭後面還別了個大蝴蝶結。可蕾雅更為安琪化妝，再借漂亮首飾給她，安琪完全變身成公主的模樣！

「最後，要戴上這個……」可蕾雅公主邊說，邊輕輕把一個金王冠戴在安琪的頭上。

「很完美！安琪公主誕生了！」可蕾雅說。

「可蕾雅你好厲害！這就像魔法一樣呢！」松露拍着手說，令可蕾雅有點難為情。

「謝謝你。接下來，就要把這個城堡的地圖記熟。」可蕾雅邊說邊打開軟雪糕城內部構造的地圖。

「你竟然藏着地圖！」

「嗯，這是上次我計劃逃走時，偷偷潛入父王的房間，拿出地圖來抄畫的……雖然這是不對的……而且最後還是失敗收場……」可蕾雅說。

「多虧這幅地圖，我們今天才能實行這計劃，你的努力沒有白費啊！」

「對啊，今次一定會成功的，因為這一次有你們陪我一起！」可蕾雅振奮地說。

「嗯！這下子準備萬全了，接下來就要實行了。」

安琪點着頭說，但心裏不禁緊張。

真的會順利嗎……

「安琪，沒問題的，一切會很順利啊！」松露鼓勵道。

「嗯，謝謝你，接下來也要靠你了，松露！」

「交給我吧！那麼……作戰開始！」

這時，威化大臣還跟剛才一樣，仍然在無人的書房教授歷史課。

「……因為這個原因，第一代國王很受國民愛戴，公主，你明白了嗎？」

大臣問，可是卻沒有人回答他。他回頭一看，書桌旁竟空無一人。

「公、公主——！」他終於發現安琪不見了，怒氣沖沖地高聲喊。

他立即召來士兵，說：「緊急命令！立即找公主回來！我也會出去找她！她竟然翹課，真是豈有此理！」

為了找出可蕾雅……

不，是安琪，城堡鬧成一團。而且城堡這麼大，要找一個人也確實不容易。

「啊，找到了！」

士兵看到轉角處露出了粉紅色裙子一角，連忙匆匆跑過去，可是……

「這是什麼……」

原來他們找到的，只是公主的裙子。卻不見最重要的「公主」本人的身影。

「嘻嘻，我在這邊啊！」安琪喊。

「什麼！各位，公主在右邊——！」

急急趕來的士兵看到安琪笑着從暗門處跑出來。

安琪一邊跟士兵們捉迷藏，心裏一邊想：不知可蕾雅和松露那邊順利嗎？

他們三人分頭行事，把追着他們的人耍個團團轉。

可蕾雅偷偷抄畫的地圖，其實還畫上了秘密通道和暗門位置。這作戰計劃，就是利用士兵不知道的秘密通道，讓追趕她們的人疲於奔命，再趁機會偷偷逃出城堡。

而且，城堡內的人根本分不出如孿生姊

妹一樣的安琪和可蕾雅，他們以為公主一時間在這裏，但轉瞬間又在遠處出現，而且還有頭熊娃娃混於其中！

「公主在那裏！追啊——！」

「不，等一下，公主應該在這邊才對啊！」

「咦？剛剛還在那裏啊……」

士兵們東奔西跑的，整個城堡都變得沸沸揚揚。

「公主，你到哪裏去了？呼……」

城堡迷宮

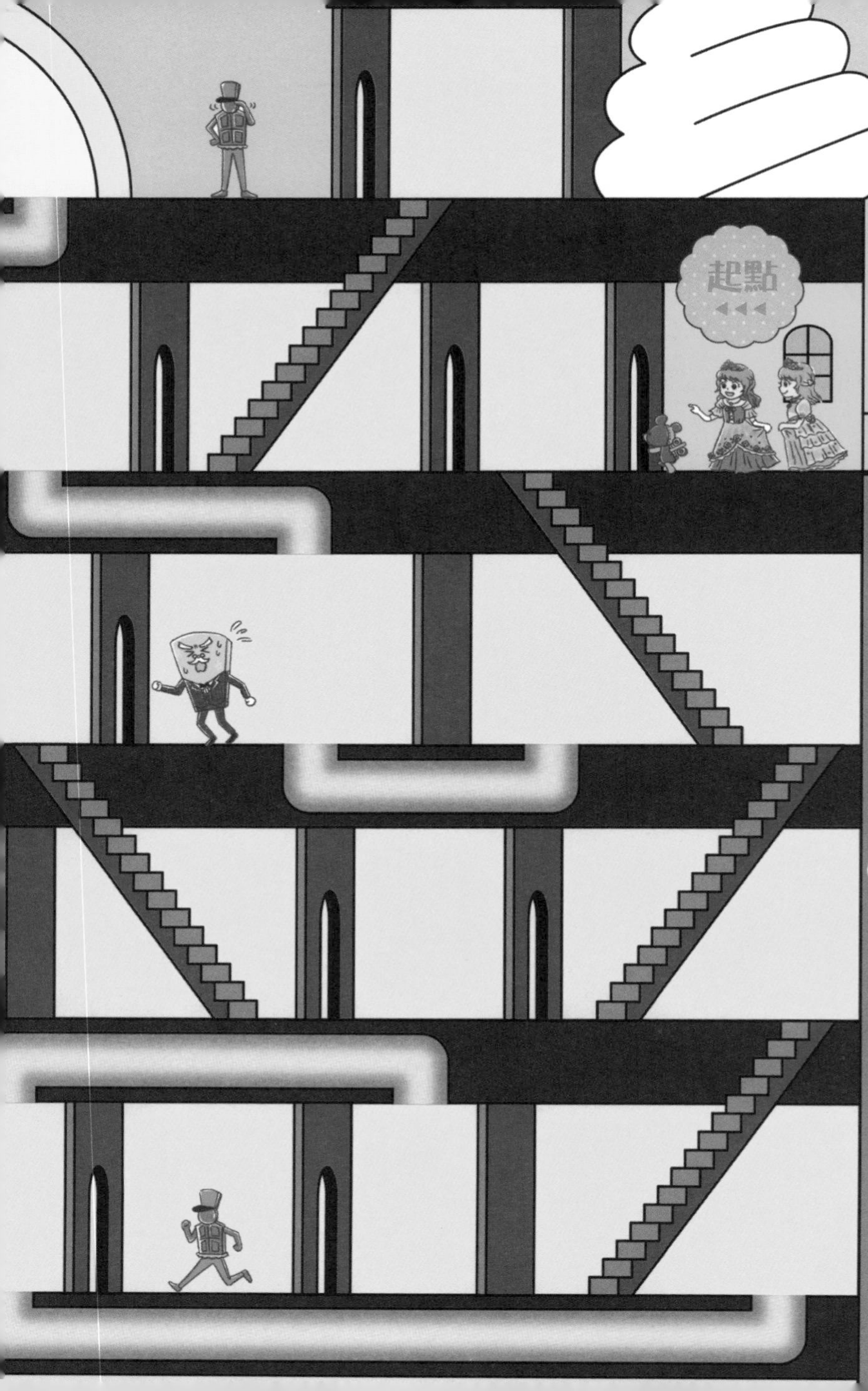

在不被大臣和士兵發現之下，穿過樓梯或秘道，
從◀起點走到◀終點去。松露所在的地方可以通過！

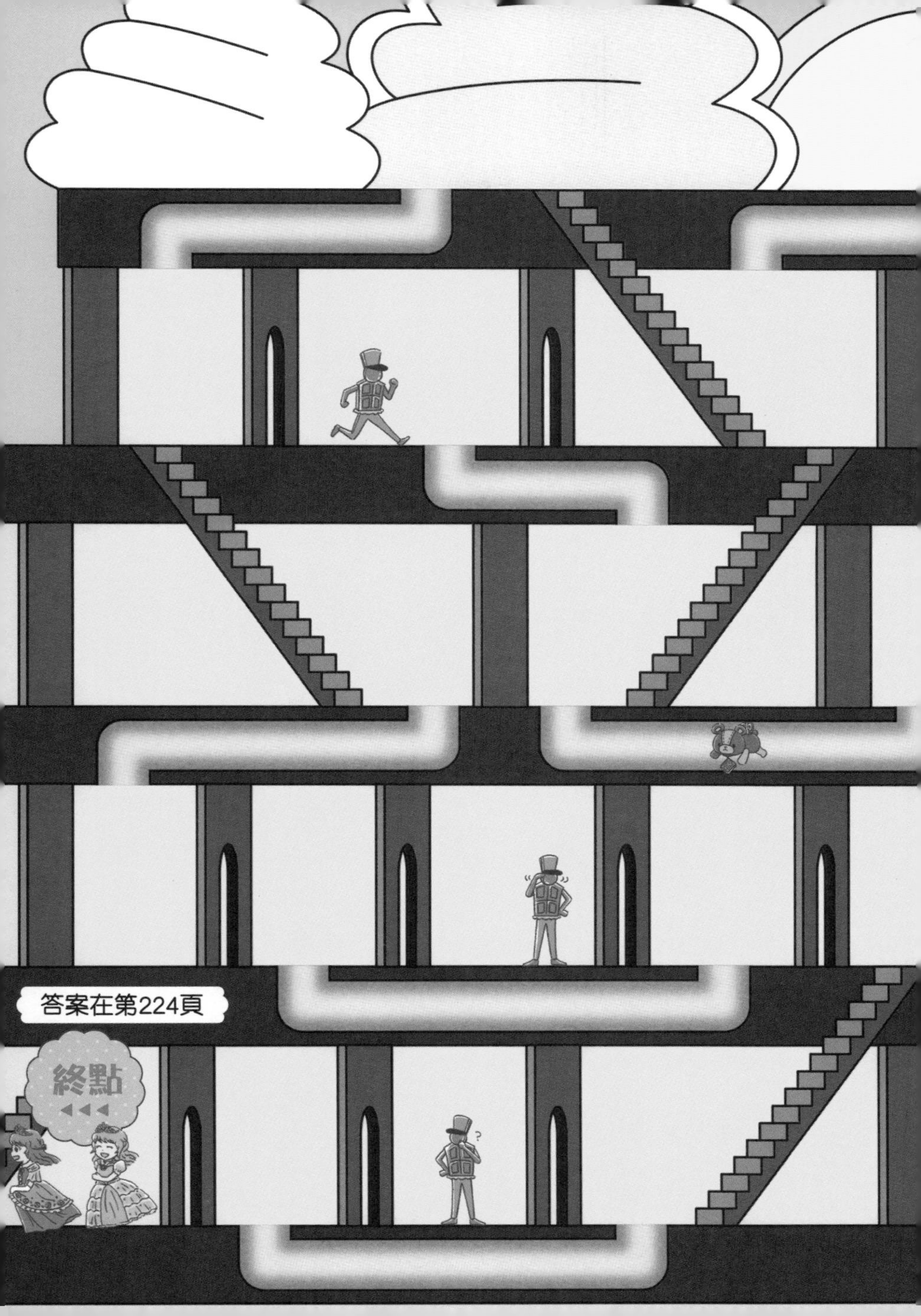

答案在第224頁

「不、不行了……已經走不動了……」

士兵被活力充沛的三人耍得團團轉，連威化大臣原本筆挺的西裝，都變得衣衫不整了，巧克力士兵因為跑來跑去，都快要融化了。

「究竟發生什麼事？公主難道會分身術嗎……？」威化大臣累得自言自語。

同一時間……

「可蕾雅！」

「安琪！太好了，一切順利！」

兩人在連接着外面的窄樓梯前重逢，他們三人約好，在擺脫了士兵後，就到這裏集合。

「我們的計劃看來很順利啊！我還是第一次看到大臣那麼慌張的樣子。」可蕾雅說。

「真的啊……咦？松露在哪呢？」

「看來他還沒來啊，我們再等一下吧！」

她們躲在樓梯處脫去長裙，換上了方便走動的衣服後，等待松露到來。

可是，她們等了二三十分鐘，松露還是沒有出現。

「松露這麼久還沒來，有點不對勁啊……對吧，可蕾雅？一定是發生了意外啊！說不定他遇上了危險……」

「冷靜點，安琪！我們再等一下吧……」

「我出去找他！」

可蕾雅抓住安琪的袖子，阻止她走出去，說：「等一下，安琪！如果你現在回去，就會被士兵發現！」

「但松露是我最重視的朋友，明明知道朋友可能遇上危險而不去救他，這事我做不到！與其在這裏乾等，我寧願出去幫他！」

安琪輕輕握着可蕾雅的手説：「可蕾雅，對不起，我知道這很危險，也明白是我任性。你就在這兒等着吧！沒事的，我會儘快找到松露再帶他回來。」

聽到安琪這樣說，可蕾雅想起王宮的老師總是說：「聽好了，可蕾雅公主，就算要捨棄其他人，你也一定要先讓自己得救，這是你身為公主的義務——」

老師總是這樣說，所以她深信這是正確的。可是，她首次交的朋友，卻在她的面前說着相反的事情。

可蕾雅心想：雖然不知道哪一邊才是正確，可是安琪現在看上去真的很勇敢、很強大。

「安琪，你不可以獨自去的。」可蕾雅說着笑了笑，「我也跟你一起去找朋友吧！」安琪很高興可蕾雅會這樣說，握着她的手說：「走吧！一起去找**我們的**朋友吧！」

❀ ❀ ❀ ❀ ❀ ❀

另一邊廂，就在不久之前，松露把士兵耍得團團轉，讓他們東奔西跑時……

「別跑啊！你這可疑的紅茶戚風蛋糕族！」

「嘿，來抓我啊！」

松露以輕盈的腳步到處走着。

突然，他的腳使不上力，止住不動。

「咦？怎麼了？」松露拚了命想向前走，可是不論怎樣做，腳就是不聽話。

松露蹣跚地一步一步勉強向前走，卻越走越慢……最後完全動不了。

「怎會這樣？安琪明明幫我上鍊了……啊，難道是……」松露終於想明白了。

「難道是我活動太多，提早用完了發條的魔法力量……？」

對，因為松露非常努力地在城堡內跑來跑去，想盡量減少安琪和可蕾雅的負擔。他成功令士兵疲於奔命，但也由於過度活動，所以比平時更快用完發條的力量。

「不、不好了，我得找安琪幫我重新扭動發條才行……」

松露拚命想讓雙腳動起來，可是他

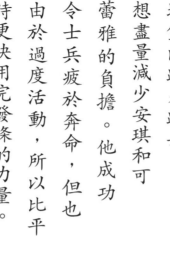

的雙腳已經一動不動了。

最後，他終於「啪」一聲倒地了。

「啊，找到那個紅茶戚風蛋糕族了！」

「抓住他！」

不幸地，松露被士兵找到了。

踏踏的腳步聲迫近，松露暗想：糟了，這次逃不掉了……

松露閉上了眼睛聽天由命，就在此時……

啪啦啪啦——

「嗚嘩——！」

「這是什麼？」

士兵的上方突然落下數不清的顆粒狀小東西。

士兵們都被這些顆粒纏住而走動不了或是滑倒，而且一不小心踩着它們的話……

「啊，好痛好痛……受不了！」

士兵們大喊。

「撤退——！」

士兵打算沿着原本路線撤退，可是地

面上滿布會讓人滑倒的顆粒，要避開它們實在太難了，結果士兵被困在原地，進退不得。

松露嚇了一跳，奮力望向前方，發現其中一顆粉紅色的小東西，正朝着松露跳過來，還不斷在說些什麼：

「？」

「啊，你就是那神秘生物……不對，是金平糖！」

他就是在草地迷了路，並跟着松露和安琪回到王宮的那顆金平糖！

「你們真厲害啊，竟然成功拯救了我，謝謝你們！不過，我的發條能量已經用盡了，所以動彈不得……可以拜託你們，告訴安琪和可蕾雅我的位置嗎？」

松露拜託金平糖，雖然不知道他們會否相助，但現在也只得金平糖可以依靠了。

金平糖們圍住松露彈彈跳跳，一邊在說着些不知什麼意思的話，不過，他們好像在說：嗯，好的。

「謝謝你們！拜託了……嘩啊！」

松露說着，身體就突然懸在半空。

汪嗚汪嗚！

是被誰抓住了……不對，是被咬住才對！

「……誰？放開我！你要帶我到哪裏去？」

松露想拚命反抗，可是，他的身體早已動不了，所以立即就被對方帶走了。

噠噠噠……

「嗚！好頭暈啊——！」松露心想。

穿過了走廊，走下樓梯，再穿過一道細小的門走到室外去，最後來到城堡內的小庭園。庭園內只有一棵栗子樹，對方把松露帶到樹下，終於放下他。

松露慌張地向上望，想弄清楚究竟是誰把他抓走。那是一個粗壯巨大、被毛髮覆蓋着的身體，就像奶油一樣……原來抓他的是一頭白色的狗！

那頭白狗用牠的前腳在栗子樹下挖洞，再咬起松露，放進洞裏，滿足地「汪！」的吠了一聲。接着，牠快速地把沙泥撥回洞裏去，把松露蓋住，松露只有一隻耳朵露出在泥土表面。

松露在心裏大聲求救：放我出去！放我出去！我不是骨頭啊！誰來救救我啊！

可是，松露已經動不了嘴巴，也發不出任何聲音。

在巧克力泥土中，四周都變得黑暗，什麼也看不到。松露害怕起來，他被埋在這種地方，安琪她們能找得到嗎？

松露心想：不會有任何人找到我吧？我就這樣一直被埋在泥土之中，永遠孤單……

這令他想起遇見安琪之前，一直被放置在店裏的一角，多虧老爺爺注意到他。但這一次，他被埋在泥土裏面了。

「我已經再也見不到安琪了吧……嗚嗚……」松露想着想

着，眼眶不禁一熱，眼淚掉下來了。

「松露——松露！你在哪裏啊？」

此時，安琪和可蕾雅一邊避開士兵，一邊找尋失蹤的松露。

「！」

突然，她們發現有東西在腳邊彈跳着。低頭仔細一看，原來是那顆粉紅色的金平糖！

安琪看到金平糖就興奮地說：「啊，小金！」

「小金？」

「嗯，我剛剛幫他起名字了！小金，你知道松露在哪裏嗎？」

安琪伸出手，粉紅色的金平糖——小金立即跳上她的手上。

突然……

沙沙沙沙——

隨着這個聲音，大量金平糖從牆壁的縫隙中湧了出來。

「嘩！」

可蕾雅嚇了一跳，不禁抱住安琪。

小金在安琪的手上說：「！」這句話像是

指示，其他金平糖就彈跳着去排列好。

「這是……」

安琪和可蕾雅嚇呆了。

金平糖在地上竟然排列出松露的樣子！

「你們知道松露在哪嗎？拜託你們帶我們去找他！」

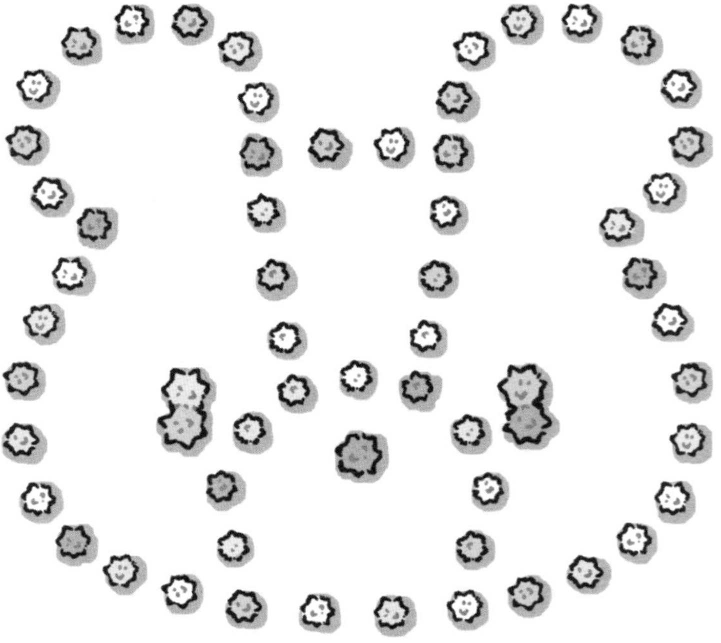

安琪說畢，小金又再發出指示：「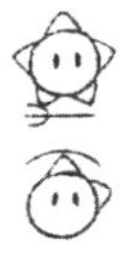！」這一次，金平糖一蹦一跳地排成一行，一直延伸到秘密通道裏去。

「難道只要沿着他們排出來的隊列向前走，就可以找到松露？」可蕾雅問。

「應該是！這是在給我們引路吧？」

安琪和可蕾雅對望，點了點頭，就沿着金平糖列出的隊伍走，二人小心翼翼，注意不要踏中金平糖。

沿着金平糖隊列，她們走到一個户外小庭園。那兒種了一棵栗子樹，而金平糖就一直列隊到那棵樹下。

她們走近栗子樹後，本來在安琪掌上的小金，輕輕跳到地上，在樹根旁一彈一跳的。

「！」

「小金好像在說『這裏』。」

「可是，沒看見松露啊……」

這個時候……

安琪！我在這裏啊！

安琪的腦袋中傳來松露的聲音。

「可蕾雅，看！」

安琪指着樹根説。在泥土之上，稍微露了出來的是……

「是松露的耳朵！」

安琪立即跪在地上，挖起泥土來。

「你等我一下啊，松露！」

她不顧泥土沾污指甲，努力埋首挖掘。經過一番努力，終於看到松露的身體了。

雖然松露有點髒了，但他的身體沒有裂縫和破爛，看來他沒事！

安琪略為放心，呼了一口氣，可又發現松露一聲不響，也一動不動。她仔細檢查，發現發條已轉回原位了。

「我立即給你上鍊！」

安琪說着，就用力扭動松露背部的發條。

咔！咔！咔！

「呼啊！我以為沒救了……謝謝你們啊，安琪和可雷雅！」松露晃動着身體，搖着頭說。

魔法又再生效了！

「太好了，松露……真的太好了！」

安琪的眼淚在眼眶裏打轉，她用力抱着松露。

不知道是不是因為放下心頭大石，安琪淚流不止。

「我以為……嗚……以後……再也見不到你……」

安琪哭着説。

「真是的，你還真怕寂寞啊。我可相信你一定會找到我的。」

松露逞強地説着，可是他的表情卻

強裝不來。

他在安琪看不見的角度，偷偷擦去眼淚，可蕾雅看得一清二楚。

「嘻嘻，松露你真是的！你們兩個真的是很要好呢！」可蕾雅帶點羨慕地說。

「可蕾雅，你說得對，也說得不對！」

「咦？」

「不是我們『兩個』，是我們『三個』才對吧？」安琪微笑着對一臉疑惑的可蕾雅說，「因為你重視我的感受，所以即使逃跑計劃有機會功虧一簣，也要跟我一起回來找松露。只有我們三個在一起，才可以熬過這難關的啊！」

安琪邊説，邊緊抱可蕾雅。

「謝謝你，可蕾雅，遇上你實在太好了！」

被緊抱着的可蕾雅有點吃驚，紅着臉説：「咦……呃……」

「可蕾雅，我也要謝謝你！」

松露也向可蕾雅道謝，讓她的臉更加紅了。

就這樣，他們三個終於成功離開軟雪糕城堡了。

7 蘋果村

安琪、松露和可蕾雅三人離開了軟雪糕城堡，來到雪糕梳打湖畔。

雪糕梳打湖上，飄浮着一個個雪糕小島。

「不如我們坐上雪糕球，到對岸吧！」松露提議說。

公主聽到立即點頭說：「真是好提議！不過，說起

來，這些雪糕小島還真少……跟我上課時聽的完全不一樣。」

他們找來掉在地上的樹枝來代替船槳，輪流划着雪糕球。

輪到松露划船，安琪終於可以休息一下，觀賞周圍的景色。安琪看到遠處有一座高聳入雲的山特別搶眼，那座山跟布甸山不同，是非常陡峭的，而且看上去黑漆漆，令人感到很不舒服。

「可蕾雅，那是什麼山來的？」安琪問。

可蕾雅壓低了聲線說：「那是可麗露山，自古已有些可怕傳說……當中最可怕的，是山頂上有寶藏，引來很多冒險家和盜賊都嘗試上山尋寶，可是沒有任何一個人能回來。傳說有一頭飛馬在山上守護着寶藏，只要有人接近那一帶，飛馬就會襲擊他們，所以現在沒有人會登上可麗露山了……」

「咦……你們國家也有這麼可怕的地方嗎？」

安琪驚恐的樣子，引得可蕾雅笑起來，説：「怎麼了？那只是傳説而已！沒事的，雖然那是個危險的地方，但只要不靠近那兒就可以了。」

「可蕾雅，你不要再説了……」松露也用顫抖的聲音説着。

「哈哈，你們都那麼膽小。」

為了阻止可蕾雅笑下去，安琪指着前面說：「看見對岸了！」

沒多久，三人已經來到對岸。她們離開雪糕球，在陸地上閒逛着，發現湖畔有一條小村莊。

「嘩，好可愛的村莊啊。」安琪說。

「這是蘋果村，我上課時學過，這裏的名產是公主蘋果。」

「可蕾雅果然學識淵博！」安琪佩服地說。

三人走進村莊中心，發現氣氛悠閒的村子內，並列着一間間房子，這些房子的牆壁都是由餅乾建成的，屋頂就由蛋白糖所造；而在房屋區的四周，就是種植公主蘋果的蘋果田，但田的面積，比起一般的蘋果田要小得多。

她們看到村民在田裏面工作，有些大人爬上了梯子，摘下蘋果拋下來，而小朋友就在地面上勤快地把蘋

果放進籃子。他們有的會在蘋果掉到地上前接住它，有的就把掉落在地面的蘋果拾起來。

「那些蘋果好不容易才結成果，為什麼要把它們拋到地上？」安琪問。

三人覺得很是奇怪，一直盯着村民工作。此時，一對年幼的兄弟走到他們附近拾蘋果，就問他們：「姐姐你們是誰？這些蘋果是要賣的，不可以給你們啊。」

「不是的，我們不是小偷，放心吧！我叫安琪，他們是我的朋友松露和可蕾雅。」

「是嗎？那就好了。我是馬修，他是我的弟弟納茲。」

「馬修、納茲，你們好。請問村裏的大人在做什麼？」安琪忍不住問。

「哦，那是為了讓長得較好的蘋果再長大一點，就把旁邊的小蘋果摘掉。」馬修回答說。

「啊！看來很好吃啊，那太浪費了吧？」安琪說。

「不會的！因為摘掉的蘋果都會做成果醬，所以不會浪費。」馬修說。

「雖然小小的，但很好吃！」納茲跟着說。

就如納茲所說，籃子中的公主蘋果雖然細小，但外皮都帶着光澤，看起來好像很好吃。

「你們在幫家裏忙嗎？」松露問。

「嗯，是的！雖然現在我們只是實習，但長大之後，就會像爸爸一樣，成為一流的公主蘋果農夫！」

「我們家種的蘋果，連國王和公主都在吃啊！」

「對，我們的出品還上貢王宮的啊，很厲害吧！」

小兄弟說完挺挺胸，自豪地笑着。

「原、原來是這樣嗎……真的很厲害啊！」可蕾雅邊說邊有點緊張，同時又想起平日的小吃常出現塗了蜜糖的公主蘋果。

「這麼小的孩子也在努力工作，真的很厲害啊……我很羞愧……」安琪一方面很佩服他們，另一方面又覺得慚愧。

「對啊，我就被關在王宮裏，很多事情都不知道……」可蕾雅不為意下說漏了嘴。

「咦？王宮？」

「難道姐姐們來自城堡嗎？」

「啊！不、不是的！我們……因為四處旅行，所以曾路過王宮而已。」面對兩兄弟的追問，可蕾雅慌忙地否認。

「原來是這樣。」

「那麼，旅行家姐姐，你們慢慢遊覽吧，我們先走了。」兩兄弟説完，又繼續拾地上的蘋果。

可是，蘋果都四散在地上，要兩個小孩全部拾起，可不容易。

「安琪，我們也……」

「嗯，好啊，我們心有靈犀呢。」

安琪走近兩兄弟，稍微彎下了腰，跟他們説：「我們來幫你們，好嗎？」

「咦？姐姐肯幫我們嗎？」

聽到安琪的說話，兩兄弟不禁笑逐顏開。

「太好了！我們剛好人手不足，拜託你們了，兩位小姑娘！」在小兄弟附近的爸爸邊擦汗邊說。

「你們可以用那邊的籃子。」

「好的！」

於是他們三個就出手幫忙，跟兩兄弟一起拾起掉在地上的公主蘋果。

雖然工作內容很簡單，但實際做卻比想像中辛苦，既要東奔西跑去接蘋果，又要小心翼翼地抹去蘋果表面的泥土。待完成工作後，大家都滿頭大汗了。

「呼！呼！好累啊！不過很快樂呢！」

「辛苦你們了。」

「謝謝你們幫忙哦，小姑娘。」

三人在樹蔭下休息，各位農民叔叔不斷向她們道謝。雖然這個工作有點累人，卻令人很有成功感。

「可蕾雅姐姐，這個給你！」納茲用小手捧了一個公主蘋果給可蕾雅，「這是你們幫忙的謝禮！」

「來，這個是安琪姐姐的，還有松露。」馬修說。

「謝謝！」他們三人都十分開心，立即大口吃下去了。

沙嚓沙嚓——

公主蘋果的甜甜酸酸讓他們疲累的身體很滿足，這是他們吃過最好吃的蘋果，比任何零食都要美味。

離開村莊後，三人邊走邊吃剛才獲贈的蘋果。因為剛才有位友善的叔叔跟他們說：「喜歡的話就多拿一點！」一邊欣賞着悠閒的果樹園景色，一邊品嘗口感清爽的蘋果，他們在視覺和味

覺上都感到很幸福。

安琪看景色看得入迷，自言自語地說：「可蕾雅你的國家真是個很棒的地方！」

「謝謝！這裏的國民都是友善又勤勞的人。」可蕾雅帶點自豪地說。

他們邊吃邊走，終於走到橙汁河。而在她們眼前的，是夢幻的景色——

這些由甜點製成的遊樂設施，光看也令人興奮！

「看，是果凍彈牀啊！」

「那邊有橙汁瀑布啊！」

三人四處走動，興奮地叫嚷着。

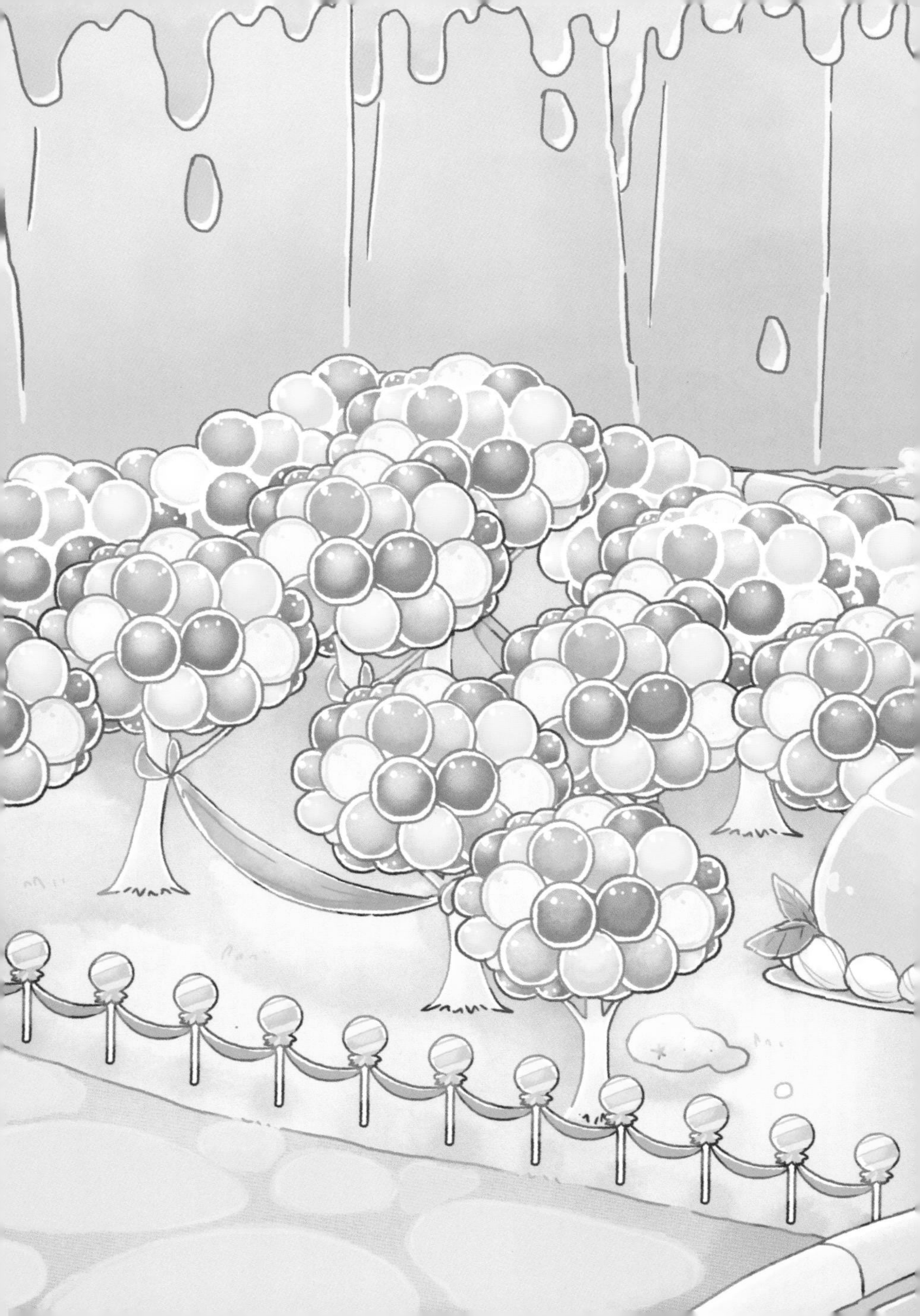

這裏跟城堡不同，即使偷吃一點甜點也不會被罵，雖然這樣有點不禮貌。這裏全都是甜點，連地上的草，也是由甜點所造。而且全部甜點都像是由技法超凡的甜點師製作，味道極可口；就算不斷吃，甜點被吃掉的部分也會慢慢復原，真是太棒了！

他們把美味的甜點塞滿兩頰。

嘣——嘣——

「嘩哈哈！很好玩啊！」

「嘩，這裏景色真好！」

「原來在近處望布甸山羣是這麼高的，跟我在城堡看到的很不一樣呢！」

玩累了，她們就在口香糖吊牀上午睡。

「軟綿綿的，好舒服啊。」

快樂的時光總是過得特別快，當她們回過神來，已是黃昏時分了。

「今天真是太愉快了！我想

一直留在這裏。」

安琪邊說，邊躺在班戟草原上滾了一圈。

「真的呢！因為太開心，所以完全忘了時間！」可蕾雅雖然也這樣說，但當她抬頭看到被夕陽染成紅色的天空，就思念城堡裏的人了。

可蕾雅想：不知道父王和母后怎麼樣了？他們已經知道我逃走出去的事情了吧？一定很擔心了……

「可蕾雅，你想回城堡了？」松露擔憂地看着可蕾雅問。

「對，有一點點。」可蕾雅說完，又再凝望着夕陽。

「真奇怪呢，在離開城堡之前，我一直就只想着要自由闖蕩，但如願以償後，卻又有點寂寞。」

「可蕾雅……」

「但是，我今天過得很開心啊！能夠像個普通女孩一樣遊玩，是我的夢想呢。現在，這個夢想實現了，我真的很幸福。而且……我再也不像之前那樣孤單。我結識了兩位很棒的朋友！」可蕾雅邊說邊擠出開朗的笑容，卻藏不住她內心的寂寞。

「是嗎……那就好了，只要可蕾雅你快樂，我就心滿意足了！」

「安琪？」

安琪站起來，伸手拉着可蕾雅的手説：「是時候回家了，可蕾雅。」

「……嗯，好。」可蕾雅也緊握着安琪的手説。

「松露也同意吧？」

「當然同意！」

三人站起來，相視而笑。

「好，那我們向軟雪糕城出發吧！」安琪開朗地高呼着。

他們沿着道路往回走，一邊回味着橙汁瀑布、在果凍彈牀上彈跳，一邊走路回到雪糕梳打湖畔的蘋果村。

他們回到村莊時，天色已經完全變暗。他們發現，很多村民圍在湖邊不知在做着什麼。

「咦？大家是怎麼回事……」安琪好奇地說。

8 火山爆發，回不了家？

約有三十名村民聚集在湖邊，他們一臉嚴肅地討論着事情。

「不好意思，請問發生什麼事了？」

安琪詢問其中一位叔叔。

「哦，是小姑娘你們嗎？你們還是在旅途中吧？其實，有點不妙的事情發生了……你們看那邊！」叔叔邊說，邊指着湖，安琪他們在人羣的縫隙中看過去……

「啊！不見了！」

他們之前乘坐的飄浮雪糕小島，全部消失了，一個都看不見！

「今天下午，雪糕小島慢慢融掉了。我有生以來第一次見到這種事情。大家都擔心是不是有大事要發生。」

「怎會這樣……雪糕小島融化的話，我們就回不去了！」可蕾雅臉色發青。

「沒、沒事的！我們可以拜託村民，請他們用運蘋果的馬車載我們到附近去啊。」安琪慌張地說。

「對，不用擔心，只是繞一點遠路，我們只要沿湖邊走，就可以回去啊，可蕾雅！」松露安慰可蕾雅。

突然……

隆隆……轟隆隆……

地面發出了崩裂的聲響，還出現了細小的裂痕。

「嗚嘩嘩嘩嘩……」

三人大叫起來。隨着震動的地面，他們一時站不穩，一起跌坐在地上。

雖然震動還持續了一下子，但震幅逐漸減低，最終回復平靜了。

「剛、剛剛發生什麼事了？」安琪問。

「是地震嗎？」可蕾雅問。

他們一直跌坐在地上，抬頭望向其他大人。

「啊！是剛剛那些姐姐！」一把熟悉的聲音傳來，

她們回頭一看，是在蘋果田遇上的小兄弟。

「你們沒事，太好了！」

「嗯！不過剛才地面搖搖晃晃的，很多蘋果都掉到地上了……」哥哥馬修緊抱着籃子，失望地說。

「這樣嗎……不過，掉落地面的蘋果也可以做成果醬啊，所以沒問題的！」松露說。

「對啊！它們一定會成為美味的果醬！」聽到松露的話，馬修打起精神來。

這個時候，納茲拉着可蕾雅的衣袖，說：「姐姐，那座山好像很生氣啊，好可怕……」

「什麼？」

看着納茲指着的方向，可蕾雅嚇得睜大了雙眼。

「不好了，大家看看那邊！可麗露山噴出火焰啊！」

聽到可蕾雅的説話，大家都望向可麗露山。之前一直沉睡的可麗露山山口在吐着火焰，把夜空染上了模糊的紅色，還不斷冒煙。伴隨着煙，還有種難以形容的氣味……有點像燒焦的氣味，飄揚過來。

「怎會這樣！一定是山神生氣了！到底要怎麼辦？」吵吵嚷嚷的村民看着可麗露山。

「嘩，煙好大啊！我第一次親眼看到火山爆發！」帶點興奮的安琪還不知道事情有多嚴重。

「爆發？是指山神在生氣嗎？」可蕾雅問。

「嗯，我想意思應該是一樣的……」

安琪心想：原來可蕾雅的國家，「火山爆發」就是山神生氣嗎？

她擺出一副「明白了」的模樣，旁邊的可蕾雅卻面色發青：「安琪，現在可不是閒話家常的時候了！山神發怒這件事，數百年來只發生過一次。第一代國王在數百年前創立這個國家的時候，這一帶都被熾熱的巧克力熔岩淹沒，火山灰覆蓋整個天空，令很多地方受災！」

「什麼……」

「安琪、可蕾雅，我們先離開這裏比較好，剛剛的爆發看來只是大爆發的先兆。」松露罕有地露出嚴肅的樣子。

「你是指之後會有更大型的爆發嗎？」安琪問。

「雖然只是直覺，但我認為會發生……剛剛叔叔們不是說有生之年第一次看到雪糕小島融化嗎？」

「對，歷史課也沒說過這件事。」

「那一定是因為熾熱的熔岩湧出來，令湖裏的雪糕小島融化了。如果這是真的話，那之後便可能會有前所未有的大爆發啊！」

「什麼……」這意想不到的發展，讓安琪和可蕾雅都無法言語。

別說回軟雪糕城了，現在整個甜點王國都有危險了！

「我想要做點什麼……有我們能做的事嗎……」平時總是開朗活潑的安琪，也不禁消沉起來。要怎麼做？要阻止火山爆發這種事完全超乎她的想像。

「如果可以輕輕揮動魔法棒就阻止得了，有多好……」安琪自言自語。

可蕾雅聽到安琪的話，恍然大悟：「魔法……對！關於可麗露山的飛馬傳說，其實還沒完的。傳說第一代國王的時代，可麗露山的山神也曾經發怒，不過第一代國王以強大的力量，讓可麗露山的飛馬也聽令於他。飛馬就施展魔法，鎮住山神的怒氣……」

「就是這個方法了！」安琪叫了出來，「可蕾雅，

不如我們去找飛馬，請他幫忙阻止火山爆發！」

「什麼？我們肯定辦不到……」可蕾雅說着，發現有人拉着她的衣袖，話就止住了。

原來，那對小兄弟正用不安的眼神看着可蕾雅，說：「姐姐……」

納茲緊緊抱住可蕾雅的左手，一臉要哭的樣子，令可蕾雅不忍心忽視他。

可蕾雅內心掙扎着：如果我就這樣逃去，兩兄弟的村莊一定會被熔岩吞沒。我要袖手旁觀嗎？作為公主，就只能躲於安全舒適的地方裏嗎？

可蕾雅緊閉雙眼，眼裏浮現的，是兩兄弟送她蘋果時的耀眼笑容，還有村民勤奮過活的樣子。

她內心呼喊着：不，不對！肯定不能這樣的！

她用盡全力地緊握着拳頭。

「姐姐，我好害怕啊……」看着害怕得哭出來的納茲，可蕾雅從口袋中拿出手帕。

「納茲，沒事的，不要哭啊。來，姐姐幫你擦眼淚。」

馬修突然「啊！」的一聲大叫起來。

「我見過姐姐手帕上的圖案！那跟國王馬車的圖案是一樣的！」

可蕾雅心想：糟了。可一切已經太遲了，村民的視線全都轉到這邊。

「真的啊！那的確是王室的紋章！」

「那這位就是……」

「可是，竟然會有王室成員出現在這裏？」

他們現在討論的，已變成另一個話題。

在這個情況下，可蕾雅知道瞞不下去了，所以她對村民說：「各位，很抱歉向你們隱瞞，如你們所見，我是這個國家的公主：可蕾雅．方達斯高拉。」

「果然是可蕾雅公主！」

「可是，公主為什麼會來到這裏？」

村民又再七嘴八舌談論起來。

「我現在不能告訴你們我出現在這裏的原因，不過……我一定會保護你們免受山神之災！」

村民聽到，不禁歡呼起來。

「姐姐……你真的是公主嗎？」納茲抬頭問。

「對，真的。」可蕾雅溫柔地微笑着。

「可蕾雅，那麼……」

可蕾雅看着安琪和松露，堅定地説：「我下定決心了。我，可蕾雅．方達斯高拉，身為管理國家的王室成員，有責任和義務拚上性命保護國民……」説到這裏，可蕾雅頓了頓。

她吸口氣搖搖頭說：「不，不是責任也不是義務，這完全是出於我自己的意願。安琪、松露，我決定要去找飛馬了！你們願意跟我一起去嗎？」

「當然願意！」兩人異口同聲回應。安琪不期然擁抱着可蕾雅，可蕾雅也緊緊抱回去。

看着她們，松露笑着說：「好，既然決定好了，我們出發吧！」

「嗯！往可麗露山進發！」

9 重大危機！

走過蘋果田，穿過棉花糖森林……三人來到了可麗露山的山腳。

黑黝黝的可麗露山散發着可怖的感覺。

「這裏很黑，你們兩個要小心腳下啊！」走在前面的松露悄聲説。

「好的，你也要小心

啊！」走在最後面，拿着一枝大蠟燭的安琪回答。

這些蠟燭是蘋果村的村民給她們的，這些蠟燭不易熄滅，也不會變熱，非常神奇。

「呼、呼……不要看下面、不要看下面……」夾在中間的可蕾雅有點顫抖地走着。

「沒事的，可蕾雅，我會在後面保護你，我還蠻擅長登山！」安琪豎起拇指說。

「是嗎？那還真可靠啊。」可蕾雅被安琪惹得笑了起來。

走着走着，他們已到了山腰。道路開始變得險要，一不小心，就很容易踏空。

三人排成一列，小心翼翼地前進。

突然……

隆隆……轟隆隆隆……

「嗚嘩嘩嘩！又地震了！」

恍如地裂的聲音再次出現，整座山不斷搖晃，恐怕又是一次小爆發吧。

三人立即緊緊抓着地面。

可是，這次搖晃令可蕾雅腳邊的岩石突然掉落。

喀啦喀啦喀啦喀啦！

「可蕾雅！」

松露身手敏捷，快速地伸出手拉住了可蕾雅，但她的蠟燭掉到深淵了。松露一隻小小的熊娃娃實在不夠力氣支撐可蕾雅整個人，再這樣下去，兩人都會一同掉進谷底！

「危險啊！」

千鈞一髮之際，安琪抓住了松露的腳，但可蕾雅和松露就被吊在半空中了。

「我立即拉你們上來！唔唔……」

雖然安琪已經用盡了力氣，但只靠她一人要拉他們上來，實在一點也不容易。安琪用力得全身冒汗。

而且，更可怕的事情發生了……

劈哩啪啦！

「松露！」安琪緊張得面容扭曲。

松露連接着安琪和可蕾雅兩人之間，他的手臂因為可蕾雅的重量而開始裂開了！

「糟糕了！如果我的手臂破掉，可蕾雅就會掉進山谷裏！安琪，加油啊！」

「我知道了……唏啊！」

安琪左手拉起松露的瞬間，右手立即抓住可蕾雅，只差一點點，就可以把她拉上來。

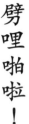

轟隆轟隆隆隆……

再次地震了！

「哇！安琪，算了，你放手吧！否則你也會掉下來的！」可蕾雅大叫。

「不要！我是絕對、絕對不會放手的！」

安琪決定無論如何也不會放手，她伏在搖晃的地面上，使出全身力氣。

「安琪，危險啊！」松露大喊。

松露看到一塊堅硬的巧克力岩石快要掉下來，即將要打中安琪的頭，所以他立即跳到安琪頭上，像帽子那樣包裹着她的頭。

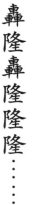

岩石撞到松露那棉花造的身體就彈開了，然後再一滾一滾地掉到崖下，可是……

「嗚……我已經……筋疲力盡了……」安琪慘叫。

千鈞一髮間……

「，！」

一些小小的東西聚集在一起。

有小小的顆粒在滾動，各種顏色都有，難道是……

「是金平糖嗎！」

對，正是安琪在城堡中結識的神秘生物金平糖！他們其中一顆又走進了口袋中，跟來了嗎？是那一顆金平糖向同伴發出了求救訊號嗎？

他們聚集起來。

「！」

「！」

金平糖開始聚集在可蕾雅腳下，以及她腳尖碰着的懸崖邊。

「！」

「！」

「你們在說什麼？啊，我明白了！」安琪頭上的松露突然大叫。

「可蕾雅，金平糖正在變成腳踏！你試試踏上去！」松露說。

「咦？」可蕾雅仔細一看，金平糖在崖邊固定成一個個凸出來的東西。

她試着輕輕踏上去，竟然是意料之外的穩固。她一邊小心地踏在金平糖腳踏上，安琪一邊拉着她向崖上走。

「唏——啊！」終於，可蕾雅攀到崖上來了。

得救了！

「謝謝你們，安琪、松露，還有金平糖們！」可蕾雅氣喘吁吁地向他們道謝。

金平糖一蹦一跳的回應着，像是在説「不用客氣」。究竟他們這麼細小的身體，是哪來的力氣呢？

「松露、松露！你的手臂啊！對不起，都是我害的！」看着松露手臂上的裂縫，可蕾雅內疚得流下一顆顆淚珠，惹得安琪也一起哭了。

「不是你的錯，如果我在松露被撕破之前抓得住你的手，這事就不會發生。很痛吧，松露？嗚嗚，對不起，都是我太亂來，胡亂拉扯你……」安琪哭着説。

「你們不要哭啊，這對我來說沒什麼，只要你們沒事就好了。」

雖然松露不斷安慰着她們兩個，可是她們依然哭個不停。

看到松露身上的布被扯破了，裏面的棉花都露出來，真的讓人心痛不已。不過，可蕾雅卻突然擦掉眼淚，努力

壓抑住悲傷的情緒，用開朗的聲音說：「我隨身帶着針線包，說不定可以把松露的手臂修好……」

「咦？真的嗎？」安琪抬起頭來。

「是的，不過我不是特別擅長縫紉，所以你們不要期望我會弄得很好……但讓我試試可以嗎？」

「當然可以啊！對吧，安琪。」松露說。

「嗯！只要能修好松露的手臂就行！」

「好，我會盡力的！」可蕾雅說完，就在口袋裏拿出小小的針線包，開始一點一點為松露縫上手臂。因為她真的不太擅長縫紉，有時差點刺到自己的手指。

安琪看着緊張，心裏默念，為他們打氣：你們要加油啊，可蕾雅、松露……！

她拿着蠟燭，照亮可蕾雅的手，也默默地守護着他們。

不知道時間過了多久……

「完成了！」

隨着可蕾雅打了一個不太漂亮的結，

修補工作終於完成。

雖然接口縫得有點歪斜，但破開的布都縫好了，之前外露的棉花也藏好了。

「松露，你動動看。」

聽到可蕾雅的話，松露慢慢舉起手……

能動了！「手術」成功了！

「太好了！」安琪終於放鬆地呼一口氣說，「謝謝你，可蕾雅！你真厲害，連縫紉也會！」

「謝謝你！真不愧是公主啊！」

「嘻嘻……真的太好了。原來縫紉課學習的能派上用場，我以後也不會再怕麻煩，會好好練習。」可蕾雅對着不斷誇獎她的二人笑了起來。

他們三人在一起，才能跨越危險。這次，他們的感情又變深了。

好，收拾心情再次出發吧！

10 可麗露山的飛馬

三人再次上路。這次，他們小心翼翼，不再滑倒，終於來到山頂了。

巨大的火山口，噴發着融化了的巧克力熔岩，一邊發出「嘶嘶」的聲音，一邊冒着濃煙，讓人熱得不停冒汗。別說是飛馬，連一頭老鼠也看不見。

「飛馬先生！請問你可以出來嗎？」

安琪大喊着，可是沒人回應，四周只得熔岩嘶嘶的聲音。

飛馬果然只是傳說嗎？大家都非常失望，突然……

啪沙！啪沙！

一頭飛馬拍動着巨大的翅膀，從天而降。

「嗚嘩！」三人嚇得大叫，跌坐在地上。

「好漂亮啊……」仔細看清楚後，他們都被飛馬漂亮的模樣吸引着。

飛馬十分巨大，他有安琪的三倍高，高舉翅膀的話，就再長幾倍。身體的絨毛像天鵝絨一樣軟滑，在月光照耀下，反射着銀白色的光芒。銀色的鬃毛在颯颯夜風中被吹動，瞳孔像是星星的碎片一樣閃爍，神態沉穩。最令人印象深刻的，是他背上的雪白翅膀，既巨大又充滿力量，看着的人都感受到他的氣勢。

「**找我何干？**」漂亮的飛馬直勾勾地盯着這三人問，「**你們一定也是聽了寶藏的傳說，所以才到這裏來吧？**」

「不、不是的！我們來是有事相求！」松露拚命地解釋。

「飛馬先生！求求你阻止火山爆發吧！」安琪也高聲接着說。

飛馬看到躲在安琪身後的可蕾雅，突然睜大眼睛說：「**真讓人震驚。上一次有王家成員來到這裏，**

已經是三百年前了。你是魯迪國王的子孫吧？看你的眼睛就知道了。」

「咦？你說魯迪……是指第一代國王沙哈．多．魯迪王嗎？」可蕾雅也大吃一驚，呢喃着。

「對，他是我的好友，自從他死後，時間就像靜止不變……現在，這個國家已沒有任何一個像他那樣無懼死亡的人會登上這座山了。」飛馬說着，露出帶點諷刺的笑容。

「那、那是因為你會襲擊人類吧！而且，你說你是第一代國王的『好友』？傳說中，你是先王的部下……」可蕾雅反駁着，完全想像不到她剛才還害怕得躲在安琪背後。

飛馬嘿嘿的笑起來：「原來我是魯迪的部下嗎？算了，在人類眼中就是這樣子吧。再說，我也不是這麼野蠻，會襲擊所有接近我的人啊。說起來，這座山根本沒有寶藏，我也只是驅趕找寶藏的人罷了。」

「真的嗎？」安琪問。

「證據就是，我沒有立即就襲擊你們啊！」

「的確是……真的對不起，飛馬先生，我完全錯信了傳說。」

可蕾雅向飛馬道歉，飛馬立即微微瞇起眼，發出温柔的鼻哼聲。

「沒法子呢，你們除了親身來這裏之外，都沒其他方法能證實傳說了。」

聽到飛馬這樣說，可蕾雅也微笑起來，因為知道飛馬沒有攻擊性，所以放心了吧。

「好了，我正式問你們來此處之目的是什麼？我好像聽見你們說要阻止火山爆發。」

聽到飛馬的話，安琪立即說：「是！傳說中，飛馬先生你曾用魔法鎮住了可麗露山神的怒氣……」

「原來如此，用我的魔法鎮住山神的怒氣嗎？

這傳說有一半正確。」

「咦……這是什麼意思？」

「我的冷卻魔法的確可以冷卻熔岩來阻止火山爆發。可是，要使出那個魔法，需要極大的能量。而魯迪正好有那股能量，所以我才能借助他的力量，阻止火山爆發。」

「極大能量是指……」松露不安地問。這麼重要又厲害的東西，他們三個有辦法弄得到嗎？

「不用擔心，小東西。那種啟動能量的物質，已出現於此。對，就是你啊，魯迪的子孫。」飛馬説着，凝視着可蕾雅。

「你左手食指上的戒指鑲了一顆寶石……那正是偉大的魔法來源，蘊含着非常龐大的力量。」

「這枚戒指……？」

可蕾雅邊説邊脱掉左手手套，露出食指上的戒指。戒指上還有顆巨大的紫色寶石軟糖，閃閃生輝。

「好漂亮的戒指啊！」

安琪和松露不禁高聲說。

「這戒指，是父王在我七歲生日時送我的。他說這是祖先代代相傳的重要寶物，所以叮囑我一定要時刻戴着，不可以離身……」可蕾雅說着，滿是不捨地望着飛馬，「飛馬先生……真的要用這枚戒指嗎？」

「抱歉啊，魯迪的子孫，以我所知，沒有其他寶石蘊含着那樣的能量了。」

飛馬說着，合上了眼。

可蕾雅看着飛馬，有一瞬間的猶豫，可是，她立即就抬起頭來，說：「嗯，我明白了，既然沒有其他物件可以救到這個國家，那就算要犧牲它，父王和祖先們都一定會諒解的。飛馬先生，請你好好使用它吧！」她拿下食指上的戒指，交給了飛馬。

「我知道了，我尊敬你的決心。好好看着吧，我一定會鎮下這座山的怒氣。」

飛馬表達過謝意後，把戒指銜着，然後一下子就吞下肚子裏去。

「啊！」

沒待安琪他們喊叫完，飛馬的身體開始迸發出耀眼迷人的紫色。

在大家看得入迷的時候，紫光已經迅速走到雪白的翅膀上了。

「你們留在這裏會很危險，來，快騎上我的背上。」飛馬說着，斜斜屈着身體讓安琪她們上去。

「咦？我們可以騎上去？真開心啊！我從以前就夢想有一天可以騎着飛馬到處去！」安琪一臉高興的說。

飛馬確定了他們三個都坐上了背部後，開始拍動巨大的雙翼，飛上天空。

飛得好高好高，比雲還要高！

「嘩，這樣看城堡好小啊！」

「好舒服啊！」

「啊！不要飛那麼快啊！」

與安琪和松露的興奮完全相反，可蕾雅在飛馬的背上失儀慘叫。飛馬一邊迴旋，一邊飛到天空上，然後停在可麗露山的正上方。

「人類，看這三百年難得一見的大型魔法吧！」

飛馬呼喊着，翅膀上的紫色光芒猶如正午的太陽那樣耀眼。火山口的熔岩「噗啪噗啪」沸騰着，像是隨時要大爆發。飛馬的翅膀指向火山口，用力地向下拍打着，捲起了帶紫光的龍捲風，劃破夜空。

「嗚啊啊啊！」因為突然颳起激烈的強風，三人慌忙抓住了飛馬的背部。

紫色龍捲風直線襲向可麗露山的火山口。

轟轟轟隆！

11 回到城堡

此時，在軟雪糕城內，為了找尋失蹤的可蕾雅，搜索隊在整個國家內四處找尋。

「唉，可蕾雅，你究竟在哪裏？是不是遇上什麼可怕的意外了……會不會在雪糕梳打湖溺水了？」容易杞人憂天的王

后無法冷靜下來。

「王后，不要胡說這種不可能的事情啊！可蕾雅一定會沒事的，因為她跟我一樣吉人天相啊！」

「不過夫君，已經這麼晚卻還是找不到可蕾雅，只會令人聯想到發生意外啊。而且今天還地震了！天啊，如果她接近可麗露山的話怎麼辦……」

「報告陛下！」一名巧克力士兵快步跑到國王和王后跟前。

「剛剛得到瞭望塔的守衛通知，可麗露山出現了異常情況！」

「什麼？那座山怎麼樣也沒關係吧！我正在思考如

何找到我的愛女啊！」

「呃、呃……可是，火山口湧出大量濃煙……」

「你、你説什麼？真的嗎？」

國王和王后急忙登上瞭望台去看個究竟。

在瞭望台看出去，的確見到可麗露山的山頂像是在燃燒，冒出了紅光，照亮着夜空，還不斷冒出濃煙！

國王看到這個景象，呆在當場。

他身旁的王后嗚咽着：「山神發怒了……嗚啊……竟然會發生這樣的事情！而可蕾雅在這個時候還是孤單一人……」

「冷靜點，王后！事已至此，我們也只能交給上天了……」國王安慰淚如雨下的王后。

他的聲音，也隱隱透露出放棄的念頭。因為現在發生的，是三百年來也不曾發生的異象。城裏的人，全都不安地望向可麗露山。

拿着望遠鏡四處觀察的士兵，突然發出「咦」的一聲。

「怎麼了？你看見什麼了！」國王焦急地問。

「飛、飛馬！傳說住在可麗露山的飛馬在天空中飛着！」士兵說。

「你是不是看錯了？給我看看！」國王邊說，邊拿起守衛遞上的望遠鏡望向可麗露山。

一看，果然有一頭閃着白色光芒的飛馬正在山上方飛翔！

「怎、怎麼這樣！傳說中的飛馬……咦，那個是……」令國王更震驚的，是飛馬的背部上面坐着他的女兒！

「王、王后……我的眼睛是不是出毛病了？我竟然看到可蕾雅和另外一個人，坐在飛馬上面……」

「國王，振作點！」

國王被所看到的景象嚇得頭暈目眩，家臣們立即上前扶着他。

「啊！看看那邊！」守衛再次叫喊，大家望向可麗露山。

然後，大家又一次嚇壞了。

隨着轟隆隆的巨響，可麗露山被紫色的龍捲風重重包圍着！

國王、王后、威化大臣，還有士兵們，全都嚇得目瞪口呆，默默看着眼前發生的事。

隨着巨響和紫色龍捲風消失，可麗露山回復平靜了。之前還滿布烏雲的天空，現在湛藍清澈，就像從沒發生過異變一樣，早前激烈地噴發的熔岩和濃煙，消失得無影無蹤。

「山神的怒氣被鎮壓下來了……」
正當國王這樣說着……
「報告陛下！」
士兵叫喊着跑來。
「北瞭望塔那邊通報説『有白色的東西正在飛來』！」
「什麼！難道那是……」

城堡內騷動着，大家還在猜測是什麼光照射過來時，閃爍着白色光芒的飛馬已輕輕降落了。

「嗚、嗚嘩！是傳說中的飛馬！」

「保護國王和王后！」士兵喊着，拿起槍和弓箭對着飛馬……

「等一下！不要攻擊我們！」

聽到飛馬背上傳來了熟悉的聲音，城堡內的人嚇了一跳。

飛馬上的，竟然是失蹤的可蕾雅公主！

「可蕾雅！」

「父王！母后！」從飛馬身上跳下來的可蕾雅，邊

喊着父母，邊直奔到他們的懷抱之中。

「我偷走出城堡，真的對不起……」

「可蕾雅，你能平安回來，實在是太好了！」

看着國王和王后高興得流下淚來，仍在飛馬背上的安琪和松露都鬆了口氣。

「父王、母后，我來

給你們介紹，這是我最好的朋友——安琪和松露，他們拯救了這個國家啊！」

「是可蕾雅的朋友嗎？小女孩你跟可蕾雅長得也太像了。」

「謝謝你們跟可蕾雅做朋友。不過，拯救了這個國家是怎麼一回事呢？」國王問。

可蕾雅有點難以啟齒地說：「父王……其實我還有一件事要向您道歉，您送我的珍貴戒指，我因為一些原因而把它交給飛馬先生了。」

「交給飛馬了？究竟是什麼原因呢，可蕾雅？」國王溫柔地問。

「父王你們也知道可麗露山的山神發怒吧？如果放任不管，熔岩和濃煙就會吞噬全國各地，有很多地方和人民會受災。所以，我在安琪和松露幫忙下，前往可麗露山，請飛馬先生鎮住山神的怒氣。不過，要鎮住山神，就需要戒指上的寶石，所以我就……」

「等、等一下，可蕾雅！難道你像第一代國王那樣，讓飛馬臣服成為你的部下，來鎮住可麗露山的山神怒氣嗎？」國王難以置信地看着可蕾雅。

「呃……有點不一樣呢，父王。」可蕾雅笑了笑，「我並不是讓飛馬先生成為我的部下，而是去拜託他，請他救救大家。飛馬先生是可以好好溝通的，他也願意聽我們的請求。至於那個傳說，原來是錯誤的，飛馬先生並不會胡亂襲擊人，事實上，牠是很友善的啊！」

聽到可蕾雅的話，飛馬滿足地噴了一下鼻息。

突然間，國王顫抖着說：「啊啊……你竟然……」

「父王！」

可蕾雅靠近國王，卻反被他緊緊抓住肩膀。

「可蕾雅，你聽好了，你今天自己偷偷溜出城堡，害很多人擔心。這件事情你要好好反省，明白嗎？」

「……是的，父王。」

可蕾雅以失落的聲音回應。

國王繼續說：「但是，你今天成就了一件很偉大的事情。你跟傳說中的飛馬，鎮住了山神的怒氣，還拯救了國民。你跟這個國家最優秀的第一代國王幹了一樣的事情，我打從心底覺得自豪。可蕾雅……你有真正王者的品格！」

可蕾雅想不到父王會這麼說，十分吃驚。

國王看到不禁笑起來：「我還一直覺得你是個什麼也不懂的小孩……看來我要改觀了，你已經長大成人了。」

「父王，那麼我可以……」

「對，以後你可以自由出入城堡了，但一定要在限時前回來啊，知道嗎？」

「我好高興啊，父王，謝謝你！」可蕾雅高興得抱着國王，親了他的臉頰一下。

「太好了，可蕾雅！」安琪和松露也為了公主而高興，飛馬也像是祝福她似的拍動翅膀。

「以前那麼幼小的可蕾雅也在不知不覺間長成這麼優秀的女孩。孩子的成長好快啊，王后。」國王說。

「對啊，因為我們也垂垂老去了。」

國王和王后擦着感動的眼淚。

「真是的，父王和母后不要哭啦！」可蕾雅站在兩人中間，幸福地笑着。

看着可蕾雅一家幸福地歡笑，安琪腦海中也浮現出媽媽的樣子，還有爸爸、弟弟小路……她突然開始掛念自己的家人。

「安琪，我們也是時候回到原來的世界了。」松露早已察覺到安琪的想法，拉着安琪的衣袖說。

「嗯，對啊。雖然有點不捨，但要道別了……」安琪和松露要跟可蕾雅道別，就在飛馬的身上走下來，而可蕾雅也離開父母的身邊，向着二人走過去。

「安琪、松露……」可蕾雅的眼眶，又凝住了新的眼淚。

「真的很感謝你們，我們雖然今天才剛認識，但已經像是老朋友一般。你們讓我感受到自由，又當了我第一個朋友……謝謝你們。」

「我也是啊，可蕾雅，你跟我們一起玩和冒險……我真的非常非常開心。」安琪說。

「我們可以跟你認識、成為朋友，真的太幸運了！」松露說。

安琪和松露也雙眼通紅，安琪不擅長面對悲傷的別離，她像是為了忍住不哭而勉強笑着。

「可蕾雅，我們可以再來嗎？」

聽到安琪的話，可蕾雅笑了起來，說：「當然可以，隨時歡迎！你們回到自己的世界也別忘了我啊！」

「嗯，我一定不會忘了你的！」

「我也不會啊！」松露也爭相說。

安琪和可蕾雅把松露緊緊擁抱着。

來到分別的時刻了，安琪和松露再次坐到飛馬的背上。

在城堡的露台上，可蕾雅、國王、王后、大臣、士兵們……還有金平糖們，所有甜點王國的人都揮手送別他們。

「謝謝你們！再見了！」

「再見！安琪、松露，還有飛馬先生！真的很感謝你們！」

坐在飛馬身上，他們轉眼就來到最初降落甜點王國的地方——椰子草地。

「好了，我只能送你們到這裏了，接下來你們自己應該可以處理了。」

「嗯，謝謝你，飛馬先生！」安琪說。

聽到安琪他們道謝，飛馬用鼻子哼的回應了一下，說：**「那麼，再會了。將來有緣再會吧！」**

飛馬說完之後，拍拍翼就向天空遠去，然後像風一樣飛走了，一定是回到可麗露山去吧。

回到這片安靜的草地，東方開始露出魚肚白，快要天亮了。

安琪握着松露的手説：「玩得很開心呢！」

「嗯，這旅程真的很開心！好了，我們也要回家了！」松露低下頭，打開書本吊飾。「這一次要把每一句咒語倒轉來説，來吧！」

「姆地登・姆湯登・達拉杜卡！」

唸完咒語，書本就「啪啦啪啦」地自動翻頁，並出現一道光包圍他們。二人慢慢飄浮起來，甜點王國也變得越來越小。

眼前的光線越來越刺眼，安琪不禁閉上了眼。

12 終章～翌晨～

到安琪睜開眼睛的時候，她發現正在自己的牀上。身上着昨晚的淺紫色毛巾質料睡衣。晨光在窗口輕柔地照亮着房間。

「安琪——吃早餐啦！」媽媽在樓下喊叫着。

「來了……」安琪邊揉着眼睛，邊看看旁邊，發現她的熊娃娃松露面朝地，在牀上翻轉了。

「松露？」安琪抱起松露，試着對他說話，可他一動不動。難道昨晚的事，全是夢嗎……

安琪有點失落，卻突然發現……

「啊，這痕跡！」安琪發現松露的左手，跟在玩具店買的時候不一樣：左手上的粉紅色縫線雖然歪歪斜斜，卻十分牢固，還有那個打得不太漂亮的結……對！這都是可蕾雅修補松露的痕跡！

安琪想：這果然不是夢！

她開心地抱緊松露，也不知是否錯覺，松露看起來也像在笑着。

「安琪！煎蛋要涼掉了，快點下來吃早餐！」媽媽催促着。

「來了——」

安琪應答媽媽後，就把松露放到窗邊，匆忙下樓去吃早餐。

同時，安琪心中卻對松露說着：「這一切都不是夢！我們今晚去什麼地方好呢，松露？」

~第一冊完~

威化大臣的
特別課堂

金平糖文字
解讀表

想當公主的話，你
要完全解讀金平糖的
語言才合格啊！

安琪不明白金平糖的語言，其實他們說過什麼呢？
對照下面的圖表，就可以解讀他們的說話了！

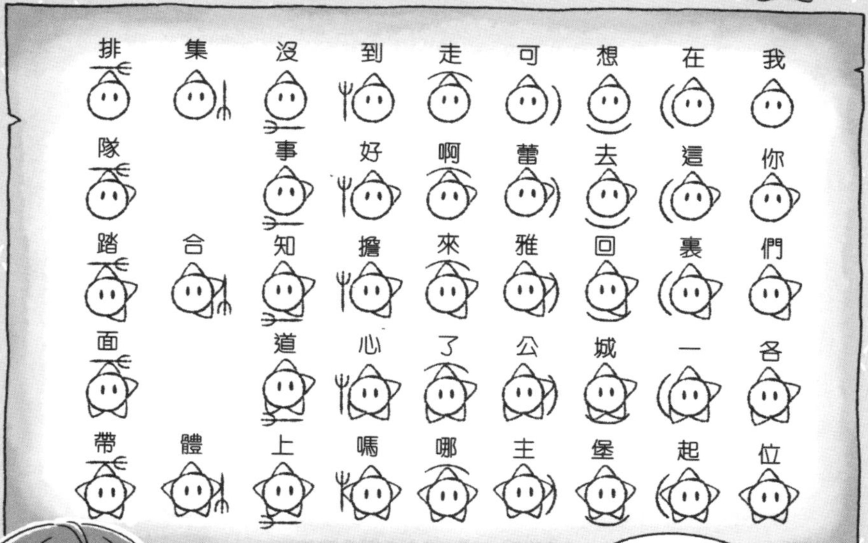

排 集 沒 到 走 可 想 在 我
隊 事 好 啊 蕾 去 這 你
踏 合 知 擔 來 雅 回 裏 們
面 道 心 了 公 城 一 各
帶 體 上 嗎 哪 主 堡 起 位

例如
就是指
「可蕾雅」！

印有金平糖文字的
頁數如下，再翻到
這些頁數看看吧！

第 51-52 頁　第 71 頁　第 83 頁　第 111 頁
第 116-117 頁　第 119-120 頁　第 171-172 頁

安琪與松露的 甜點教室

大家喜歡
我們的冒險故事嗎？
其實，在故事中
出現的甜點，
在現實中是存在的。

在故事中的可麗露山
是一座巨大的山，但現實中，它只有手掌心般大。

canelé

可麗露

可麗露是法國波爾多地區的傳統甜點。它表面有着坑紋，頂端凹陷就像個火山口。它的表面烤成啡色，內裏濕潤柔軟又有彈性，氣味很香，是非常美味的甜點！

餅上的格子紋
正正是它的特色！

wafer

威化餅

將麪粉、雞蛋、砂糖混合倒進格子模內，焗成薄薄的餅乾。它的口感鬆脆，有時會放在雪糕或芭菲上一起進食。

閃電泡芙（意可蕾）

它是法式甜點，是泡芙的一種。把它烤成長條型，裏面放卡士達醬或奶油，表面淋巧克力糖霜，不同的甜點師會製作出不同特色的閃電泡芙！

薩赫蛋糕

傳統的巧克力蛋糕，有濃郁巧克力味道，獲稱為巧克力蛋糕王者。

熔岩巧克力蛋糕

蛋糕中間放入軟巧克力，烤好並切開後，融化的巧克力會流出來。

馬卡龍

馬卡龍是法國的代表甜點，由蛋白、砂糖及杏仁粉烤成，圓滾滾的非常可愛。

雪糕梳打

把雪糕球放在汽水上，最常用的汽水是忌廉梳打。

金平糖文字的答案

第 51 頁　「可蕾雅公主！帶我回城堡去！」
第 52 頁　「我想一起走！」
第 71 頁　「我在這裏啊！」
第 83 頁　「各位，我回來了！」
「你到哪裏去了？我們好擔心你啊！」
第 111 頁　「沒事嗎？」
第 116 頁　「我知道啊！」
第 117 頁　「排好隊！」
第 119 頁　「上啊！」
第 120 頁　「這裏！」
第 171 頁　「各位，集合！」
第 172 頁　「合體！」「合體！」
「合體！」「踏在我們上面！」

第 100-101 頁迷宮答案

安琪的小熊松露 ①

甜點王國的公主

作　　者：綾真琴
繪　　圖：Kamio. T
翻　　譯：HN
責任編輯：黃碧玲
美術設計：劉麗萍
出　　版：新雅文化事業有限公司
香港英皇道 499 號北角工業大廈 18 樓
電話：（852）2138 7998
傳真：（852）2597 4003
網址：http://www.sunya.com.hk
電郵：marketing@sunya.com.hk
發　　行：香港聯合書刊物流有限公司
香港荃灣德士古道 220-248 號荃灣工業中心 16 樓
電話：（852）2150 2100
傳真：（852）2407 3062
電郵：info@suplogistics.com.hk
印　　刷：中華商務彩色印刷有限公司
香港新界大埔汀麗路 36 號
版　　次：二〇二三年十月初版

ISBN: 978-962-08-8264-7

ぜんまいじかけのトリュフ
おかしの国のお姫さま
綾真琴 • 作
Kamio・T • 繪
Zenmaijikake no Toryufu Okashi no Kuni no Ohimesama

作者：綾真琴

出生於東京都，是同時寫文章和畫插畫的多棲作家。文字和插圖作品有《令和怪談》三日月之章、青月之章。在新月之章、半月之章、月之章和《隊長，向夢想的甲子園進發》則擔任插圖。

繪圖：Kamio. T

精品製作公司 Kamio Japan 的「發條小熊松露」製作組，除了製作「松露」外，還有商品開發、設計、製作、發售等項目，如「麻糬熊貓」、「麪包胖胖犬」等等。
網址：http://www.kamiojapan.jp/